吉安读水

王剑冰 著

百花洲文艺出版社
BAIHUAZHOU LITERATURE AND ART PRESS

目录

吉安读水

　　江西的南部，有一条美丽的水叫章水，有一条精致的水叫贡水，两条水流合二为一形成了更加美丽精致的水叫赣江。宏阔的赣江一路北去，串起了一个个明珠，其中一个闪着耀眼的红、迷人的绿的明珠就是吉安。吉安是水带来的城市，古人依水而居，富足的水才会有富足的都市。秀丽而富足的吉安，一千年前就使大文豪苏轼不得不发出"此地风光半苏州"的慨叹。

　　我以前没有到过吉安，不知道吉安有什么好。吉安的朋友朱黎生说，这里有以万瀑争妍的白水仙，以高山草甸为一绝的武功山，以道家文化名世的玉笥山，以佛教发祥地传扬的青原山，更有"天下第一山"井冈山，这里还有庐陵文化啊。黎生还说，吉安是一个自然风光和人文景观融为一体的城市，是一个红色的摇篮、绿色的宝库、文化的家园。我一下子就恍然了，只差了一声欢呼，原来这都属吉安啊。我念着"吉安"的名字，觉得这名字实在是好。当我走进吉安，一步步深入，直让吉安给感染得

思绪飞扬，情感迷恋。

　　我去井冈山，红色的精神衬托以绿色的资源。云涛雾海，朝霞晚艳。狭路迂回，翠竹障眼。黄洋界惊心，五指峰动魄。英雄碑高耸，纪念馆震撼。十送红军的歌声催泪，五井后代的纯秀开颜。山间一条白练天降，降到下面就变成一个舞着的女子，这就是仙女瀑。井冈山，既让人感怀凌云壮志，更叫人神迷旖旎胜景。

　　我去寻访一个人，"人生自古谁无死，留取丹心照汗青"的气概映照了多少年。车子越过赣江一路东去，远远看到一座古朴小村掩映于绿色中，而我必须跨越的首先是一道水，富水。守着这样的一道水，文天祥得以横空出世。

　　保留完好的古村落渼陂也是依傍着富水。毛泽东曾在这里住过，住的地方有一副对联："万里风云三尺剑，一庭花草半床书"，这副对联影响了他一生的生活。毛泽东在渼陂组织红军赤卫队攻城，挥洒出"十万工农下吉安"的豪情。

我去访唐宋八大家之首欧阳修，纪念馆旁流着一条阔水是恩江，到他的祖地，门前流的是沙溪。"中兴四大家"之一的杨万里家乡也有一条水叫吉水，主持撰修《永乐大典》的解缙门前奔涌的也是吉水。

这些水统统汇入了赣江。"落木千山天远大，澄江一道月分明"，是黄庭坚在江边泰和快阁上留下的名句。

赣江给了两岸太多的润泽，流过吉安时，又留下一个沙洲，洲上长了树，树上聚了白鹭，就叫了白鹭洲。有人依此建起了书院，成就了一代代国家栋梁。文天祥、刘辰翁、邓光荐就是从这里走出；周敦颐、程颐、朱熹等大师的讲学依然回荡有声。在白鹭洲上走，茂林修竹，曲径通幽。登上风月楼，青原扑面，风帆入怀。仍有学校在洲上，是江西省重点中学。学子们守着一洲白鹭，读书又读水，多么好的境遇。我俯视过吉安的地形图，发现赣江与富水勾勒出的，就是一只振羽而飞的白鹭。

曾看到一条消息，1976年，在邻国海底打捞出一艘元代沉船，船上有中国瓷器近两万件，不仅有景德镇的产品，还有吉州窑的产品。原来吉州窑就在吉安。永和镇濒临赣江，有水又有瓷土，加之便利的水运，吉州窑得以兴盛，在宋代已是"民物繁庶，舟车辐辏"的瓷城，现今世界许多博物馆都藏有吉州窑的精品。踏上吉州窑址，遗迹竟有24处之多，尚能感受到曾经的火热场景。

　　这是一块神奇的土地。吉安古为庐陵郡地，素来享有"文章节义之邦"的盛誉。诸多资料告诉我，唐宋以降，吉安科举进士近3000名，曾出现过"一门三进士，隔河两宰相，五里三状元，十里九布政"的人文盛况。这在中原是没有的。又有考证，毛泽东、刘少奇、邓小平、习仲勋的祖上是在吉安，还有康克清、贺子珍、曾山也是吉安人。吉安诞生了几百位共和国将军。

　　看着滔滔的赣江，我突然想起，在中国，众多的水是向东流的，而赣江的流向是北，向北流的还有湘江。毛泽东的"湘江北去"一叹千秋。许多的风云人物、风云事件都发生在两江周围。这两条并行北去的大江，可有着某种喻示？

　　赣江岸边，粗壮的榕树蓬勃成壮观的风景。黎生告诉我，自古这里就有"榕不过吉"之说。我还看到，榕树再上边的堤岸，是垂丝绦绦的柳树，一个刚毅粗壮，一个婀娜柔曼。榕容同音，柳留谐义。那么，容与留就是吉安的特点了。它融合了一个深远厚重的庐陵文化，那么多的名人成长于此；它接纳了第一支红色队伍，让一星之火从这里燃遍全国。今天我依然看到它新起的一个个工业园，一个个旅游区，看到到处都写着的"欢迎"的标语。吉安人招商时这样说："吉安在江西的中部，交通便利，吉安人以忠为本，诚实信用。吉安愿和衷共济，共谋发展。凡有朋来，吉安都会盛情以大蛊款待。"中、忠、衷、蛊，表明了吉安的胸怀。

我在赣江边徜徉，现代化的建筑装点在赣江两岸，漂亮的拱桥雄架于赣江之上，阳光洒了一江的光线。一只白鹭翩然而起，在水上盘旋了一圈，直直飞向了高远的天空。我感到我太喜爱这条江，生活在这条江的人是有福的。许多的人在江边说笑着，玩耍着，或者就那么坐着、站着，显现出安逸与自在，他们的表情充满水的光泽。我知道那叫满足。我又想到吉安的名字，那就是吉祥安和、吉泰民安啊！

井冈读山

　　郴衡湘赣之交，千里罗霄之腹的井冈山，是那么的与众不同，来的人不只是以仰视的目光看她，还会升腾起一种亲近的感情。

　　我于去年、今年两次上井冈，吃着红米饭，喝着南瓜汤，试穿一双山里人做的草鞋，学唱一首当年红军的歌。我抚摸伟人用过的东西，拍照墙上依然存留的标语。我在传说与现实间游走，在人文与历史中徜徉，也在《井冈山》实景演出中震撼。我依然能感受到淳朴的民风民俗，体味出井冈老表的亲切热忱。

　　我登上笔架山，那里有十里杜鹃长廊，杜鹃花是迎春花，每到春天，杜鹃花都会竞相开放，映红五百里井冈。奇的是，开出的花朵呈五角形，远远望去，那是五角星的海洋。我去了五龙潭，瀑瀑跌宕，潭潭清澈，山水怎么看都是一个舞着的少女，舞得灵性飞扬。井冈山的纬度同冲绳、夏威夷一样，都属于亚热带，因而植被丰厚，森林覆盖率达到86%，整个山上，毛竹青青，林海荡荡，完全一个天然氧吧，时不时还会有一阵细雨，像谁把着一只花洒。空气如此湿润清新，吸一口，竟然满腔透爽。

　　在黄洋界，可看到密密匝匝的黄杨树。那树舞动起来，就是一片涛涌的海洋。那里还常有流瀑样的云，浓浓的，从哨口快速流下去，看着看着，就似随那流瀑飞落而下。

我到了大井，在井冈山这样的山区，较为平坦的地方是很稀少的。井冈山就把大一些的山中谷地称为坪，次之为井。大井是毛泽东在井冈山时住过的。当年的菜园子里还种着菜，周围一片绿色。有词叫"坐井观天"，虽然是个井型地带，毛泽东却胸怀广阔，目光高远，坐在大井观天，这个天就是整个世界。

井冈山是红色的，也是绿色的；是阳刚的，也是阴柔的。除了五大哨口，井冈山是不好上的。贺子珍是红军和井冈山的牵线人。这个牵线人陪毛泽东搞农村调查，为毛泽东掌灯，帮毛泽东包扎脚上的伤口。这个女子对井冈山斗争的坚持起了十分重要的作用。有一种说法，贺子珍同毛泽东的结合，构成了井冈山根据地的稳固性。

我在井冈山雕塑园看到了伍若兰，那是朱德的妻子，那么羸弱、学生气，可就是

这样的一个女子，却没有为朱德和井冈山丢人，最后她滴血的头颅挂在了城门口。1962年朱德重上井冈山，百姓们亲切地拿着红薯给朱德尝。人们没忘井冈山斗争时期朱老

12

总的一句话："我们要与群众有盐同咸，无盐同淡。"朱德走时采了路边的一棵兰花要带回北京。人们知道他为什么喜爱兰花，那是因了若兰的名字。一棵棵的兰花，帮他采了一大捧。

我看见井冈山上另一个坚守者曾志的照片，她披散着长发，俊秀而又有些俏皮的脸上一双凝重的大眼睛，穿着大翻领的蓝西装，袖口和领口各有四条白色的道道，显得洋气而逸群，是那种讨人喜欢的女子。曾志先后嫁了三个丈夫，前两个都在很短的时间牺牲了，这给曾志带来多大的心灵创伤啊。曾志就这么过来了，在小井那个红军医院，曾志曾是医院的党总支书记。红军撤离时曾志的孩子还小，就托付给了井冈山的乡亲，后来这孩子找到了，曾志却没有领回，儿子成了永久的井冈山人。现在曾志就长睡在医院的旁边，小小的碑石上，"魂归井冈"四个字，让人心头发热。

井冈山有那么一首歌谣："韭菜开花一杆心，剪掉髻子当红军，保护红军万万岁，妇女解放真开心。"红军在这里奋斗的年月，不知有多少井冈山女子为他们织布做鞋，缝补浆洗，建立了深厚的感情。这些井冈山人在最艰难的时候就是红军的依凭，不，说大了，是革命的依靠和革命的力量。

红军离去的时候，这些女子和百姓就长久地留下了，继续着艰苦的斗争，有的或惨遭杀戮。"一送（里格）红军，（介支个）下了山，秋风（里格）细雨，（介支个）缠绵绵，山上（里格）野鹿，声声哀号，树树（里个）梧桐，叶呀叶落光，问一声亲人红军啊，几时（里格）人马，（介支个）再回山？"那首带有温情或者凄婉的《十送红军》，表达着整个井冈山人的情意，听者止不住眼中涌泪。

在井冈山革命博物馆浏览，猛然看到一封字迹清晰的信，似乎还带有着写信人和收信人的体温。我将它一字字抄了下来：

志强：好久没有同你通信了，不知你近况若何？挂念得很……你的信我又收不到，真是糟极了……我天天跑路，钱也没有用，衣也没有穿，但是精神非常的愉快，较之从前过优美生活时代好多了，因为是自由的……但最忧闷、最挂心、最不安适的，就是不独不能同你在一起……

信写于1927年10月，是陈毅安写给未婚妻的。陈毅安就是黄洋界保卫战的指挥员，可惜1930年在湖南牺牲。直到抗战爆发后，妻子李志强才知晓。王尔琢、何挺颖、蔡协民这些井冈山时期的领导人，都是在那几年牺牲的。当时投身革命的人，原来生活的条件并不是不好，他们的行为完全不是为了自己。很多人是放弃了优越的生活，最终也放弃了生命。

井冈山雕塑园里，我看到了王佐和袁文才的塑像，原想着王佐会是一个赳赳武夫的模样，没想到那般俊朗秀雅，袁文才正好同王佐相反。聪明人王佐，若那时不被错杀，说不定后来如何。车子顺着山路逶迤而行，终于找到了王佐的家。这个绿林好汉对井冈山根据地的建立，有着不可磨灭的功绩。王佐的孙子正领着人翻新王佐故居，那是一座泥黄色彩的普通房屋，孙子叫王生茂，一个朴实的农民。生茂笑着说："爷爷如果活着，该是住北京的高楼了，革命嘛，总会有牺牲。"

"三送红军到拿山"，我现在就在拿山河边，河水依然辽阔自在地流着，有水牛在河中，还有一河的夕阳。拿山一户农家招待吃饭，吃的就是红军走时做的最好的饭，其中就有黄黄的玉米。"山上（里格）苞谷，（介支个）金灿灿，苞谷种子（介支个）红军种，苞谷棒棒，咱们穷人掰。"想起那些唱词，更加体会出了井冈山的深情厚谊。

一个叫江满凤的，爷爷是红军烈士，她以井冈女子的亮嗓为我演唱了原汁原味的民歌，那或许就是送别红军时井冈女子的真心话：红军阿哥你慢慢走哎，小心路上有石头，硌到阿哥的脚趾头，疼在小妹的心里头——

江满凤是龙潭的保洁员，供着两个孩子读书，《井冈山》电视剧让她原唱，给30万没要，四川地震她捐出了一个月的工资。从这个普通的烈士后代身上，我仍能看出些什么。

1965年，毛泽东顺着原来的路线又上了井冈山。他到了茅坪八角楼，当年在贺子珍的陪伴下，他写出了《井冈山的斗争》。一豆油灯的星星之火，后来燃遍了整个中国。他来到了黄洋界，停留了40分钟后依依不舍地离开。又到了茨坪，那是撤离井冈山时居住过的。有人还记得当年他说的话："打土豪好比砍大树，砍倒了大树就有柴烧。"在博物馆我看到了群众打土豪分得的棉袄、小脚绣花鞋，还有烟荷包。

毛泽东很是感慨："我离开井冈山已经38年了，心情非常激动，有不少同志牺牲在这里，我一直想回来看看。没有井冈山人民的支持，就不会有今天了。"毛泽东接见了袁文才、王佐的遗属，和他们照了像。那个时候上井冈山的路还是碎石渣路，现在这里到机场全程高速，到长沙和南昌也是一路顺畅。

夜晚来临，井冈山，起伏于黛色之中。萤火虫提灯而来，这里闪那里灭，像一群赶路的，等连成片连成串时，会让人想起红军行军的火把。

挹翠湖中央，井冈山的书记市长同我们聊到了深夜，话题全是井冈山。观湖四周的茨坪，霓虹闪烁，花树婆娑，完全是一个小都市的景象。

下山的时候，漫山的白穗子飘飘摇摇，那是茶，如火如荼的茶，星星之火样的茶，在翠竹的衬托下，格外醒目。

井冈山的山，是神奇的山。在这里久了，会感到那不是一座山，是群山，连绵不断的群山。那山不仅是具象的，也是精神的。是千千万万的山石，千千万万的植物，千千万万的水滴构成了井冈山；是千千万万的生命，千千万万的呼唤，千千万万的信念构成了井冈山。

回首井冈山，它就像一支巨大的火炬，昨日燃的是红色的火焰，今天燃的是绿色的葱笼。我们不能忘记井冈山，也不会忘记井冈山，它是深植于历史的一个基座，高垫着中国的现在与未来。

井冈山，我还会来的。

澄江一道月分明

我总觉得黄庭坚还是有幸的，他一忽乡野一忽朝廷，一忽诗文一忽书画。乡野让他体味世风民俗、自然景物，朝廷让他感知政事繁务、勤案累牍。

　　他的幸还有一点，就是这个江西修水人，还到江西的泰和做了几年知县。泰和是个好地方，有澄江如练穿城而过，润滋沃野良田，这里民风淳朴，物产丰盛，使得这位大诗人总有雅趣余兴。

　　建于唐代的快阁是他必去之处。这快阁高耸如峰，雄踞于重檐楼阁之上，且紧邻赣江，登临其上，宏阔入眼，豪情临胸。宋初太常博士沈遵任泰和县令期间，也常登阁远眺，因感心旷神怡，遂将原来的"慈氏阁"易名为"快阁"。"阁曰快，自得之谓也"。黄庭坚登快阁的心境，反映在了那首著名的《登快阁》中：

　　痴儿了却公家事，

　　快阁东西倚晚晴。

　　落木千山天远大，

　　澄江一道月分明。

　　朱弦已为佳人绝，

青眼聊因美酒横。

万里归船弄长笛，

此心吾与白鸥盟。

黄庭坚登快阁的心绪必是不一样的，这首诗让人感觉到他心中的怅然与飘渺，当然，也从中看出了他对泰和景物深切的体察与感染。黄庭坚题诗后，快阁越发名气大振，达官名流随诗而来，以一睹快阁为快，陆游、文天祥、杨万里、刘鹗等均有赋诗题咏，累百余篇，代而不绝。

朋友带着我来到泰和，已是黄昏，虽近秋天，暑后的余威仍存。车子转了好几个圈子，最后停在了泰和中学门前，中学里出来的是当地的一个文化人，热情有加地领着我们进到了学校里面。学校已经放假，空落落地没有一丝声音。校园很大，一排排楼房遮挡住了视线。又是一阵绕，终于在一片灰楼的后面，看到了一耸楼阁。

它怎么会在这里？这就是快阁吗？它似乎是躲在了这个重点中学的一隅，显赫的名声与它的所在似有些不大协调。此间的氛围让这快阁也多有些不快。

而我，却显得欣欣然，管它现在是在什么地方，反正我找着它了。我就像寻着

黄庭坚当年的步履一步步地向它走近，又一步步地攀援上去。下看看，上看看，左看看，右看看，真的是"快阁东西倚晚晴"了。再上一层的时候，就看见了那条大江，当年黄庭坚所看到的那条江，与我所看到的一模一样。远山重叠，像疏淡的水墨。只是沿江而去直到无限远近的那些树还泛着青黄，没有掉落的意思。

我想找到黄庭坚当时的心境和意境。有人似乎看出了我的想法，说你看江的对面了吗？我仔细看去，那是好大的一片蓊郁的园林。有人说，那片园林古老得不知多少年了，我们应该到江对岸的林子里与快阁对望。

好主意，立时驱车，趁天未黑尽。

这是一片多么神奇的林子啊，蓬蓬茸茸遮盖了好大一片天地。一棵一棵的树木都显得粗壮无比，而且各具姿态。有的挺拔千丈，有的横槊百米，有的就顺堤岸长到了水边，或探头弯腰，或勾肩搭臂，或干脆就直没水中，彷如被那江水逗引得意迷心醉一般。

林子深了，也显现出阴湿潮气，更多的灌木滋生而出，把个林子渲染得蓬蓬勃勃。

一些鸟儿自林间起起落落，更有那些蝉儿趁着将尽的夜色发狂地鸣叫，直让林子显出更深的幽静与某种恐怖。

极快的脚步去往江边，透过树的枝丫叶片，真就看见了对岸屹然而出的快阁，黄昏中勾勒成一个硕大的剪影。

那或许就是泰和有名的快阁晚唱。唱的或许是那快阁顶上的一轮明月，像谁手拿着一把银白的团扇，或敲打着一个银盘。想民族英雄文天祥兵败被元人囚于船中，顺赣江解往大都。船过泰和时望见快阁，如遇庐陵父老一般，遂作一首《囚经泰和仰望快阁感赋》，其中有句："汉节几回登快阁，楚囚今度过澄江。丹心不改君臣义，清泪难忘父母邦。惟恐乡人知我瘦，下帷绝粒坐蓬窗。"那心境着实让人感慨万端。快阁，已然是吉安的标志了。

天渐渐黑下来，月光透过快阁的檐角洒在赣江上，白天看似激涌的江水，此时竟显得波澜不惊。

随着月光望向远处，细白隆起的沙渚旁，真的如一条白练盈盈而出。

我几乎惊奇得要叫起来，恍然间好像时光并未走过，高高的快阁上莫不是有个人影？发髻高挽，苒须飘荡，在抑扬顿挫地吟诵着那首"落木千山天远大，澄江一道月分明"的千古绝唱！

放杖溪山款款风

　　车子辞了赣江，蜿蜒西去，进入吉水。还向西，沿途黄土漫漫，芳草萋萋，感觉已进入丘陵地带。远山仓皇，夕阳正艳，究竟是要去向哪里？我没有多问。几天来，吉安人拉着我四方奔跑，看尽庐陵的点点好处，不是山水，即是人物。途中或放眼四顾，或小寐暂休，车停驻，必是一番好去处。

　　此时的车子已由西拐而正北，吃力地爬上了一处高岗，猛然刹住。

　　下车拾阶而上，穷极之地，一片平阔。苍松翠柏间，竟然是南宋中兴四大家之一杨万里的故居。

　　是杨万里吗？随而有诗在心中涌出："泉眼无声惜细流，树阴照水爱晴柔。小荷才露尖尖角，早有蜻蜓立上头"和"毕竟西湖六月中，风光不与四时同。接天莲叶无穷碧，映日荷花别样红"。

　　当主人再一次言说这就是吉水杨万里的墓时，我立时袖手肃立。

　　还是在上初中的时候，索求到的一本线装百首古诗词，就喜好并背下了这两首名诗。随着年龄增长和对文学的喜好，对杨万里更是别样相看。在中国，唐诗已进入了难以超拔的巅峰，后又经过北宋至南宋时期，还能出现如此杰出的诗人，是为文坛的怪事。

杨万里是以自己对诗的独特理解创立了诚斋体，成为一代诗坛霸主。这个诚斋体就是讲求一个活字。语言的平显浅进，活泼自然，内容的贴近世俗，关注民生，使他的很多诗作得以在民间广泛流传。能诗善赋者不少，独创一体者不多。在文学繁荣的宋代，被认可的独创一体的诗人只有七位，杨万里便是其中之一。这个任过漳州、常州等地地方官，入朝做过吏部京官的行政领导，又关心政治及民生民情，又如何对诗歌情有独钟？

我原来不知道杨万里是吉水人，当我在吉水间行走的时候，着实感到了这是一块人杰地灵之处。就是这一片地方，出过大才子解缙，有过一门三进士、五里三状元的美谈，产生杨万里也就不足为奇了。杨万里自小聪颖，虽然生于北宋灭亡南宋偏安、战火频仍的年代，但他人小志大，立誓求学报国，终得进士及第，从政为官。这个善良正直的吉安人，把吉安人的那种素有的坚贞与耿直集于一身。

这也造成了杨万里仕途的坎坷。他不断地关注、劝谏、讽喻，可谓耿耿丹心，鞠躬尽瘁。直到最后心灰意冷，发誓不再出仕，归入家乡南溪之畔。或愤然提笔，或幽然而诗，观乡野之风，吐清灵之气，与老农对唔，偕小儿游玩，终老时，享年八十，算得高寿了。

这个可敬又可爱的老人，为官清正廉洁，不扰百姓，更不谈钱财。他任江东转运副使期满时，曾有余钱万贯，却弃之官库，净身离去。在南溪之上晚居，紧紧守着自家老屋一区，仅是躲避风雨之所。而他却充满了乐观放达之情，他的《南溪早春》写道："还家五度见春容，长被春容恼病翁。高柳下来垂处绿，小桃上去末梢红。卷帘亭馆酣酣日，放杖溪山款款风。更入新年足新雨，去年未当好时丰。"一个虽然处于晚景的病快快的老者，时逢春天佳景的画面栩栩如生。

正是有了如此心态，才使杨万里能够平平和和，面对秀水度过他闲适恬淡的晚

生，而他的不少诗作也体现出了这一点："石桥两畔好人烟，匹似诸村别一川。杨柳荫中新酒店，葡萄架下小渔船。红红白白花临水，碧碧黄黄麦际天。正政清和还在道，为谁辛苦不归田？"

余霞落晚，夕阳在山，一片红黄洒照在这片高岗上。

归去时回首再看，一代大师的墓园显得简陋、孤僻，像他的生前。这或许就是他的人生姿态，不求富贵奢华，不图显赫声名，独留一溪芳草任由风吹去。

车子回时，绕过一塘碧水，碧水四周新柳抽絮，夕阳的最后一抹霞晖落在水底，一些风款款地浮上些许波纹。杨万里所居的南溪也是这番景象吗？一首诗自那柳上浮显而出：

柳条百尺拂银塘，

切莫深青只浅黄。

未必柳条能蘸水，

水中柳影引他长。

燕坊的馨香

车子停在村头，当即闻到了一股浓郁的芳香，咕嘟嘟直往鼻子里灌，忍不住深吸一口，不晓得进了肺还是胃，舒服极了。就找芳香的来源，燕坊的树太多了，密密麻麻一片，一时弄不明哪棵散出，近了去闻，好像哪棵都有那种芳香。黎生说，那是味串了，还是问问人家吧。没开口，一个小姑娘就笑着说，是枇杷树。小姑娘看着我们笑半天了，好像是她出的一个谜难为了我们。要进村，可没那么简单，得付款，小姑娘是守村门的。这可绊住了急着进去的念想。没有接到通知吗？没有。反正是你赞美了芳香也不能随便进去。正在这时，一辆车子嘎地煞在了小姑娘跟前，随后下来几个笑着的人。那你们进去吧，错了，不是走那边，先走这边。小姑娘极其认真。

我们就沿着一路芳香没入了高树覆盖的燕坊，刚才的小插曲丝毫没有削弱我们的兴致。看来燕坊已有了开发旅游增加收入的意识，一百多栋老屋成了宝贝，外来人不能随便看了。

进来就发现，这是一个有别于其他古村的村子，当然同样有着气派非凡的祠堂，庭院深深的房屋，大大小小的池塘老井，不同的是人们多数还在利用着这些东西，进去就像进入了一个生活场景。

水木清华坊前，三个妇女在井台边打水、洗菜、涮衣，互相拉着话题。鲜红的萝卜让人嘴馋，有人嘻哈着将一个送进嘴里，声音清脆而出，老妇就热情相让。燕坊总是以一个个独特的门坊引人目光。水木清华门坊就仿佛清华大学，燕坊人说得有根有据，早前燕坊人在清华教书，清华最初有设计动议，燕坊人就将老家的水木清华门坊引荐出来。

拐过大夫第，进到资政第，两头老牛在悠闲吃草，一旁伴着一老一少的女子做被子，红红的面，白白的里亮在阳光里。一扇门半开着，门洞里挂着一件老旧的锄和一件蓑衣，好奇心驱使着我走了进去，靠门的一间屋子也半开着，摆满了暗旧的家什，从亮光处猛一下看不大清楚里面，怎么没有人呢，赶紧拔腿。这时一个不高的声音说，坐一下嘛。似很久远，还是没有看到自哪里发出，心里一紧，腿早到了院子里。看过州司马第，一条窄巷细细长长引到一个敞亮地方，见三条狗在那里滚，本来是两

条在谈爱情，又跑来一条捣乱，牙狗就极力保护爱情成果，结果上演了一场二凤夺凰。坐在一旁的人无动于衷，一大女跟两小女静静地玩着什么，年轻妈妈在光线里奶婴儿，两个女人围一个年长者在唠嗑，看到我拍照也是无动于衷。

再转过来，是麟凤院，几个男人无所事事晒着太阳，话也不说，看着一个剃头的忙得急，一会刀子，一会刷子，一盆用完的水哗地泼出一片碎银。门内是一个厢房，却装饰得雕梁画栋，墙上挂着匾额、对联、字画，书香气飘了出来。真对了，是十分讲究的书房庭院。院里有天井，给书房透进光线和空气，累了还可以井中望天，看云飞燕过。墙上两幅金粉画闪着原有的光泽。剃头的说，有人一幅出五千没有给他，黎生说，要是你让我就买了。农耕山水图看得人眼放光。而这样的好东西实在太多，走进哪家都会看到，不是墙上的，就是地上的，或是门窗上的，一架雕满喜鹊莲花的鎏金大床据说有人出价很高，主人都没有出手。古董商总是来转，有的就转走了，出手的和进手的都咧着嘴笑。我是有些不敢睡在那样的床上，曾在周庄蒙主人热情睡过一晚，整夜里都感到什么声音在响，明清至今，不定有多少人享用，享用了又走了。一晚上没有睡好的我，第二天就搬离了那间绣楼。

我看上了一个太师椅，写字坐上面倒还安稳，搬了搬硬是没有搬动。这雕花大椅承载过多少自在和慨叹啊，回头见墙上一幅对联："群居守口独坐防心，能忍自安知足常乐"。

走出来一群鸭子嘎嘎叫，和一只母鸡在争食，母鸡也不做声，只管伸出嘴去要鸭子的好看，母鸡的怀下，一群黄茸茸的鸡仔。光线斜照在一个做功课的孩子身上，一旁的妈妈在做腊肠，一串串挂在阳光里，扭头看了，还有地上晒着的片片萝卜，白白地晃着人的眼睛。正看得呆，噼噼啪啪一阵带着水音的声响，两个女子塘边浣洗，木棒子在头顶划着弧线，一些水点顺着弧线飞，落下一群的雨花。有人穿着防水衣在塘里费神，塘里的鱼就是不让他上手，半天没见他露出得意的笑容，但还是乐此不疲地在水里费神。倒是岸上一个牛人显得轻而易举，一头牛倒挂在树上，刀子已经将牛肢解得剩一副架子，鲜红的架子有些让人惨不忍睹，可这个庖丁一忽抽两口烟一忽动几下刀子，没事人似的。有人走上去询问关于牛的年龄和健康状况，以获得一点安慰。我远远地离开了，牛是逃不脱这等命运的，谁会为一头辛劳了一生的牛举行隆重的葬礼呢？将来也许会有那么一天。只是听说，自古燕坊牛宴就远近闻名，村上办大事都开牛宴。而且同是吉水的杨万里也来过燕坊，与友人吃过牛宴后还即兴赋诗一首，诗名叫《燕坊午望》，后两句为"回身却小深檐里，野鸭双浮欲进栏。"与"小荷才露尖尖角"的诗味差不多。

绕过一圈，又看到了有着二十栋大屋的门坊，这么一片老宅大屋，没有一定的实力，是不能完成的。眼前的时光滑到了明末清初，燕坊人沿吉水顺赣江而长江，经商的脚步和帆影遍及四方，长江岸边繁盛的街衢，闻名遐迩的"力诚商号"、"宝兴裕商号"、"王世太商号"，可都是燕坊的鄢家、饶家、王家开的，谁会想到那日进斗金的大手笔的点化，竟会连着一个僻远的小村。小村的一声咳嗽，都会引得这些商号一阵不安。终于有一天，一只只帆船又起航了，他们把在外积累的宝物以及观念都运回了小村，而后就有一栋栋大屋如雨后春笋。不仅如此，他们还兴办教育，奖掖后生，一个村子就建了两个书院。我走进"复初书舍"，已经是破败不堪了，屋顶旧瓦滑落的地方，一缕阳光钻进来，把一幅蜘蛛的八卦图打得一片灿烂。走时迈过颓朽的门槛，极轻的脚步，还是有什么东西在身后落了下来，侧耳再听，听到了远去的朗朗书声。

似乎是一晃间，一栋栋老屋，如坐在阳光里经霜历雪的老人，只留下繁华绕眼的回忆。倒是那些树，还是郁郁葱葱，散发着无尽的馨香。

出来时，小姑娘还是笑着守在村口，还来啊——那语态好似是，我们这里好吧？不信你不来。

一生不渝的爱

　　从井冈山的黄洋界往下转，就可以直达一个有名的县城永新。永新人会给你摆出很多自豪的东西，其中就有永新女子贺子珍。

　　贺子珍的家境并不坏，他们在县城开有店铺。然而贺子珍兄妹几个却毅然反叛家庭，投身革命，为穷人谋幸福。这在当时是很让人想不通的事情。穷苦人地无一垄，房无一间，拿把菜刀就走了，有钱的人却总要瞻前顾后，不舍吃穿的。贺子珍是受了哥哥的影响吧？因为哥哥贺敏学在1927年就当上了永新县委书记，贺子珍也就腰带一扎，学着哥哥闹革命了。当地传说贺子珍是腰插双枪的神奇女子。

　　贺子珍细条高个，一脸俊秀，即使现在来看也当列美女之行，何况那时闹革命的女子并不是很多，所以特别的扎眼出众，很快在当地闻名遐迩。毛泽东率领工农武装秋收起义失败后，撤往了井冈山脚下。这时的军队士气低落，军纪混乱，很多人对前景感到茫然，必得要寻找一个好的容身之所来进行长久的斗争。有人就提议，井冈山是个好地方。其山石陡峭，林幽路险，只有五大哨口可以突破，把住五个哨口就等于把住了整个井冈，可谓进可攻退可守，是一个天然的打游击的好场所。

山上有一个王佐，一腔豪气，杀富济贫，打败其他的山霸土匪，统领井冈。要想上山，必得做通王佐的工作。王佐同驻扎在茅坪的袁文才是把兄弟，袁文才这时已是共产党员，做他的工作还比较容易些。

说了这么多，还得说到贺子珍，当时贺子珍就在袁文才的手下。曾有一个传说，说王佐和袁文才听说毛泽东领导的红军正在山下，他们对这支队伍也是有疑虑的，因为那是刚刚由旧军阀的队伍和一些农民百姓组织在一起。袁文才就派了贺子珍化装下山。贺子珍来到红军驻地，看到墙上写的标语和红军的所作所为，回去跟袁文才说了，她认定这是一支真正的工农武装。于是袁文才就又派贺子珍去直接找毛泽东联系。毛泽东见了贺子珍很高兴，送给了贺子珍一杆新枪作为礼物。贺子珍回去后把毛泽东给她讲的革命道理转述给了袁文才和王佐，并且提到毛泽东想把队伍拉上井冈山。

袁王二人再派贺子珍下山时，毛泽东给了王佐的部队一百多支枪作为礼物，并且同意王佐不改变其部属的要求。可以说，最初的见面，毛泽东对这个大胆、泼辣、精明、俊秀的井冈女子有了很好的印象。

毛泽东带领部队到达三湾之后，很快对部队进行了改编，然后他用三个月的时间进行农村社会调查，贺子珍作为生活秘书调在了身边。贺子珍每天陪着毛泽东下田劳动，走访群众，搞农村调查。

我来到茅坪的八角楼，在二楼看到了毛泽东和贺子珍的卧室，这个时候他们已经住在了一起。

十八岁的贺子珍给毛泽东带来了生活与精神上的安慰。贺子珍每天为毛泽东打来洗脚水，帮毛泽东点拨煤油灯。那时毛泽东的脚上有伤，贺子珍每天给毛泽东洗脚上药，包扎伤口，无微不至地关怀照顾。

井冈山人包括王佐和袁文才也希望毛泽东能与贺子珍结为秦晋，因为这表明着毛泽东带领的红军同井冈山的地方武装的联合与融洽。因而在井冈山与茅坪之间的一个尼姑庵里，大家为两个人举行了一个简单的婚礼。实际上就是请几个人在一起吃了一顿饭。后来永新人不愿意，觉得应该请一请贺子珍的家乡父老，那样才能被认可。所以毛泽东在山下又摆了一次宴席，两个人就算正式结了夫妇。

　　在八角楼的这个小房间里，有了贺子珍的陪护，毛泽东显得很有精神，工作效率也高，他写出了《永新社会调查》和《井冈山的斗争》两本书。他像一个诗人，奋笔疾书，文字显出繁华异彩。比如他写道："革命就像十月怀胎而躁动于母腹中的一个婴儿，像东方欲晓而喷薄欲出的一轮朝阳，像苍茫大海上的一艘乘风破浪的航船。"

　　红军转移下山时，毛泽东将这两部著作交给了王佐保存，王佐把它同其他的文件藏在了一个山洞里，可惜由于王佐事件的发生，这两部著作无迹可寻，直到现在都成为井冈山的一个谜。

　　我觉得贺子珍是给毛泽东甚或说给中国革命带来某些希望的人，她坚定了毛泽东立足井冈山的信念，也坚定了井冈山人对山下红军的信任。在艰苦卓绝的井冈山的斗争中，贺子珍始终陪伴在毛泽东左右。在毛泽东被剥夺了职务受到挫折时，更是不改初衷。李敏在回忆中写道："妈妈拖着孱弱的身子，硬是挺着，把苦埋在心里，把笑放在了脸上，真可谓做到了一心一意为爸爸的地步。人，只有在患难的时候，方能找到知音，找到知己，找到自己的同志。妈妈在爸爸连遭打击身处逆境甚至牵连到自己时，她毫无怨言，却更加关心体谅爸爸。我想，如果当年没有妈妈无微不至的关怀、照顾，难以想象爸爸将会怎样度过那最难熬、最痛苦、最艰难的日子。正如爸爸和妈妈的一位老战友所说，'从这个意义上讲，贺子珍立下了他人不可替代的巨大功劳。'（陈士榘）"对于这一点，毛泽东也当是感慨的。五次反围剿失败后，贺子珍又毅然随毛泽东走向了长征的艰辛之途，可以说，她不知道前途命运如何，她只知道紧紧跟随始终信赖的人，哪怕当时怀着身孕。

　　贺子珍为毛泽东怀过八个孩子，即使在长征的途中她还怀孕、生产或流产，那些

孩子不是送给了当地的村民就是中途夭折。作为一个女性，瘦弱的贺子珍应该说是为毛泽东付出很多的，而贺子珍却毅然决然地跟随着毛泽东和红军，一步步走过雪山草地，并一路上照顾着毛泽东的起居生活。

贺子珍是女红军中的佼佼者，很多长征过来的人都不会忘记这个给他们信心与力量的瘦弱女子。一次敌机轰炸，正在行军的红军队伍受到损伤，枪林弹雨中贺子珍看到一个担架员被炸死了，而担架上的伤员在挣扎着要爬起来。贺子珍全然没有考虑自身安全，在隐蔽处直向那个伤员扑去，用自己的身体覆在他的身上。炸弹爆响，贺子珍身中16块弹片，血肉模糊，这个伤员却毫发无损。共和国成立后，这个伤员成了第一批被授衔的将军。

当时毛泽东以为贺子珍死了，没想到她会奇迹般地活下来。她身上带着残留的弹片，一直坚持着跟毛泽东到了延安。有些弹片伴随了她的一生，也许伤及了她的某些神经以至精神。

延安时期的贺子珍心神十分疲惫。她提出要去苏联治病、养伤，这中间也有众所周知的原因。毛泽东是想阻止的，最后在贺子珍的坚持下还是放行了。贺子珍当时去的苏联环境十分恶劣，生活得不到任何保障，生命安全受到威胁。在这里她还生下了与毛泽东的最后一个孩子，她为他取名廖瓦，但不久就夭折了。贺子珍又一次饱尝了丧子之痛，之后又收到了毛泽东的要把关系变为同志的信，贺子珍的心情可想而知。

1950年回国后，贺子珍来到了上海，由在井冈山一块闹革命的陈毅安排在一个区当组织部长。按照贺子珍的经历和对革命的贡献，这个职务显然是太低了。但是贺子珍接受了，并愉快地开展起了工作。

贺子珍实际上是十分想念毛泽东的，因为在贺子珍的心目中，这就是她依托一生的丈夫，也是她崇拜和信赖一生的革命者。1954年毛泽东发表新年讲话，那熟悉的抑扬顿挫的湖南乡音在收音机里播放的时候，贺子珍一下子震住了。这是多少年来她第一次听到那熟悉的声音。她手拿着收音机，颤抖着呆呆地听着，直到昏迷过去。我曾读到过一篇文章，说的是毛泽东与贺敏学的一次谈话，毛泽东在会客厅一边踱步一边扳着手指说："她18岁结婚，共同生活10年，生了6个孩子，在苏联10年，回到国内38岁，到解放40岁，解放后再加4年，现在44岁。"毛泽东突然转身对贺敏学说："叫贺子珍再婚吧。"贺敏学乍听了这句话，一时怔住了。他努力使自己的情绪平静下来说："主席，子珍跟我说过，曾经沧海难为水，除却巫山不是云。她一生只爱一个人，坚决不改嫁，在苏联时，就有人追求过她，她一口拒绝了。"毛泽东听了轻轻叹了口气："这个事也不好强加于人，花开花落两由之吧。"

贺子珍在这个阶段十分想念跟毛泽东同生的托付给乡亲的孩子。其中一个据传就在井冈山下吉安的附近。妹妹贺怡替姐姐去找，妹妹十分知道姐姐的心事，她太着急了。那个时候的路尤其不好，寻找孩子的车子在半路出了事故，贺怡当场死亡。此后贺子珍把贺怡的儿子接到上海，当成自己的孩子。贺子珍和毛泽东唯一的女儿李敏在这个时候已经被毛泽东接到了中南海。

多少事交织在一起，贺子珍的精神垮了。她变得整日里痴想，说着迷迷糊糊的话语。时间让她挺到了1977年。

在这之前，也就是建国之后，贺子珍同毛泽东只见过一面，也是最后一面。1959年，在庐山，贺子珍终于见到了久别的亲人。毛泽东还是她心目中那般潇洒、英武，那种自若的神态，那种豪情满腹的诗人气质与领袖风范，贺子珍不由得大泪滂沱。贺子珍在这一次见面后，精神更加恍惚，她许在白天黑夜里想的都是一个人。

1977年，贺子珍的病情稳定了。有人问她有什么想法时，贺子珍说："我想去北京看看。"中华人民共和国已经成立近三十年了，作为共和国的奠基人之一的贺子珍却从未去过北京。她是很想去，那不仅是中国政治文化的中心，而且是她心爱的人生活和工作的地方。但是多少年来，她知道，北京不属于她，她只能远远相望着，祝福着，等待着。而这一天，来得太晚了。

在唯一的孩子李敏和女婿的陪伴下，贺子珍来到了北京。贺子珍到北京的第一件事，就是让孩子推着来到毛主席纪念堂。她坐在轮椅上，瘦弱的身躯上是那个瘦弱的脸庞，瘦弱的脸上是那双大大的眼睛。此时，眼睛闪着惊异的光，仔细地看过毛泽东的每一个细节，从头到脚。

在她献给毛泽东的花圈上写着：战友贺子珍。她多么想署上爱人贺子珍，但是她不能。这个给了她无尽的爱和无尽的痛苦的人，她没有抱怨过，没有忘记过，她唯一没能想到的是自己只能以这种形式同毛泽东再一次相见。

贺子珍的眼泪又一次止不住横流了。

自此之后，贺子珍的健康每况愈下，直到有一天她的时间停止在75岁的年龄上。

贺子珍去世的消息在国家的报纸上只占了很小的一角。一个甩着长辫子的永新少女，一个井冈山女儿，中国革命的奠基者之一，一个中华人民共和国领袖的第三任妻子，永远地安息了。

安福樟树

车子在吉安大地上穿行，田野一片碧绿，那是连绵的群山，点染着最远的色彩。还有连在一起的稻田，像一张大唱片，旋转着最近的色彩。再就是那勾连起远近的高高低低的树。

渐渐地，我对这些树感了兴趣。越接近安福，这些树就愈加地往视野里钻。这些树棵棵树冠肥大，如伞如盖，蓊蓊郁郁，能遮严好大一片荫凉。诗说"绿树村边合"，这树，一棵就远远地遮没了半个村子。

黎生说：这就是樟树，安福特产。当然并不是安福独有，却是有让安福值得说道的。我问如何说道，黎生说："有人专门考察过，已经挂牌保护的古樟树就有12万株之多，百年以上的也有六千株。"这个数字真让我吃惊不小。在很多的地方，经过了上世纪大炼钢铁时期，还有文革毁林造田时期，那些老树都不见了踪影，如何在这里竟有了这样奇妙的数字？

说话间车子已进入了安福境内，果然就见大片大片的樟树云涛雾海般排入眼帘。与当地的领导见面，谈的还是樟树，让我感到安福人是以樟树为生，樟树为宝，樟树为傲的。

樟树即是安福的招牌，安福的广告，安福的名声。随便走在哪条路上，都可以见到两旁巨大的樟树，随便进到哪个村子，都可赏到那成百上千年的"古巨人"。在这里，樟树比地里的庄稼都让人喜欢，它常年以满身的绿色带给人别样的亲切，夏天，是阔大无边的荫凉，冬天，"无边落木萧萧下"的季节，樟树仍然是举着一团绿焰的生命之火。

我去一个村子，在一个老屋的后面，见到一棵古樟，那樟树从老屋的院子横溢而出，直爬上一个高岗。说它"爬"，就像横着长似的，然后将树杈直立起来，直立出无数伸向蓝天的大树。这些枝杈伸向蓝天，也多有一些蜿蜒曲折的过程。

这么看着这棵千年老树的时候，心内是有些疼痛的，它实际上一开始就遭受了重压或者雷劈，幸而没死的生命让它一路扭曲着爬出墙外，又扭曲着向上寻找着阳光和雨露。在它苍老的躯体上，我看到火烧的痕迹，那或许是一些顽童所为，也看到拴牛

拴马的痕迹，至今还有一头老牛的绳索穿过一枝洞权。就是这样的一个生存环境，这棵老樟树依然在挺立着不屈的生命。当地的干部说，他们已经准备采取措施，进行更加完善的保护。

车子路过一座桥，我让车子停下来，朝桥下走去，不远处的河边，一棵古樟从河的这岸伸到了对岸，然后斜逸而上，那姿态，好像就是要为了过河的人架一座桥。有人从它的身上过，几乎磨平树皮的身上，不知踏过了多少的脚步，两岸的人已经习惯了，这棵老樟树也已经习惯了，习惯的还有那条河，每日里映出来来往往的谈笑和树的影子。

在安福，许多的樟树都给我留下了深刻的印象：一棵樟树的中间已经镂空，孩童们在镂空的树洞间钻来钻去；两棵樟树的中间长着一块巨石，石头没有躲避它们，它们也没有躲避这块石头，干脆就都长在了一起；有两棵樟树下边并排而立，上边勾肩搭背，枝叶交错，像一对夫妻耳鬓厮磨；有三棵樟树立于村前，各举起亭亭华盖直像

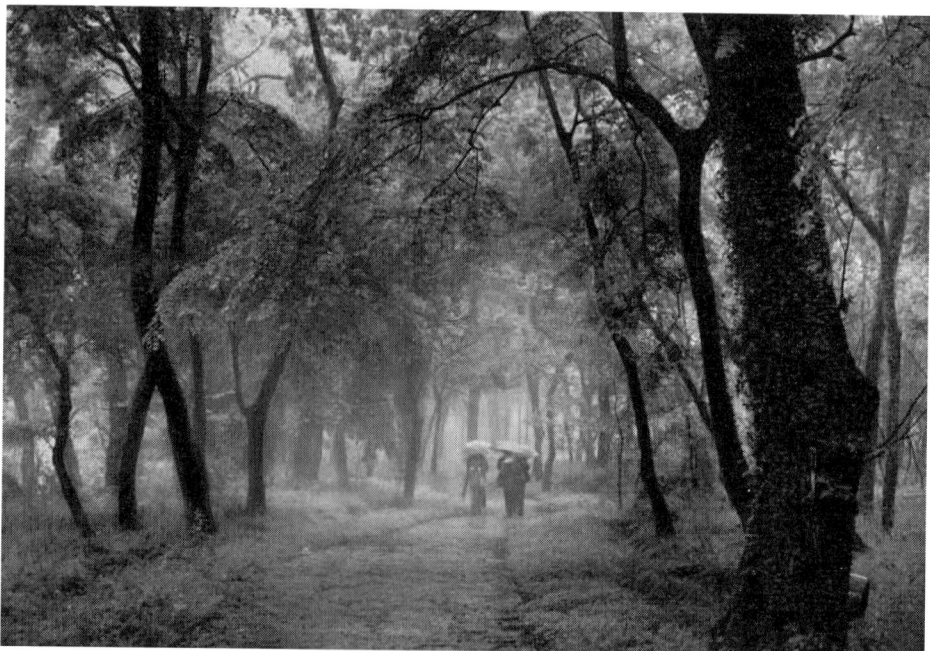

搭起一个穹庐，让全村的人坐在其下开会、看戏、谈天说地。

渐渐的我也喜欢上这樟树了，远远的一望，我已能认清它的芳姿。

樟树，这安福的福树，这吉安大地上的华采文章，真的是值得大书一笔的。

樟树一身香气，那或许就是一种凛然正气，因而它能驱邪防虫。人们用它做樟脑球，放在衣服里可防蛀；用它做箱子，盛什么都不怕坏；用它做棺木，长久而不腐；用它做门窗家具，满屋四季生香。因而安福人对樟木有着极深的感情，他们烧火都不去折那樟木的枝杈。

我路过一个村子，看见一个村民正拿着一根长竹竿，向那高高的樟树伸去。村民说，树杈中有一个很深的洞口，他总见有一条巨蛇在上面爬来爬去，他担心时间长了会毁了这树。县上的领导说，现在村民对树的保护意识已经加强了。

我们在一个村头下车，见两个孩童正捧着一只雏鸟不知如何是好，说是刚从樟树上掉落下来的。樟树叶子稠密，鸟儿极易筑巢做窝，因而巨大的樟树也构成了一个鸟的家园环境。林密而鸟多，山青而水秀，地肥而人和，让人感受到一个平安祥和的福佑之地。

现在安福人更有了一种意识，很多的樟树被排了号，定了牌，长久地保护起来，不再砍伐，不再买卖。那么安福人还依赖樟树什么呢？我不禁有了疑问。县里人说，我们就依赖于安福樟树的这个气运，江西最古老的樟树王就在我们安福，中国古樟最多的县也是在安福，这就是我们的福。

我突然想起这个樟字，"章"本身就是美丽的花纹，"文章"就是引申出的意思。樟木必是因有这种花纹才被人叫成樟树的。它从里到外，从上到下都可说是一篇好文章，大的可称鸿篇巨制，小的可为华采精文。

又想到安福这两个字。安福樟树，樟树安福，两者相依相福呢。

白鹭洲

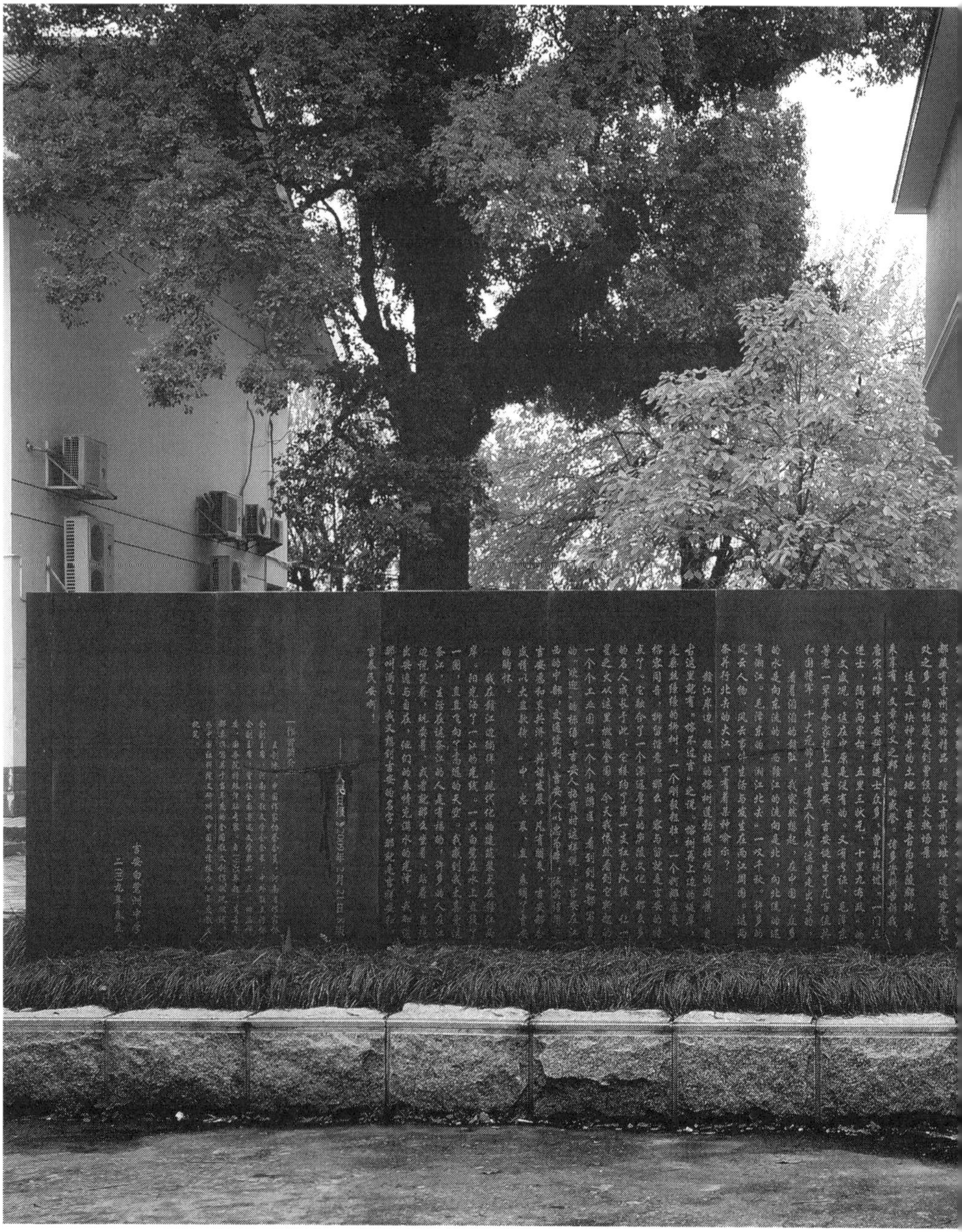

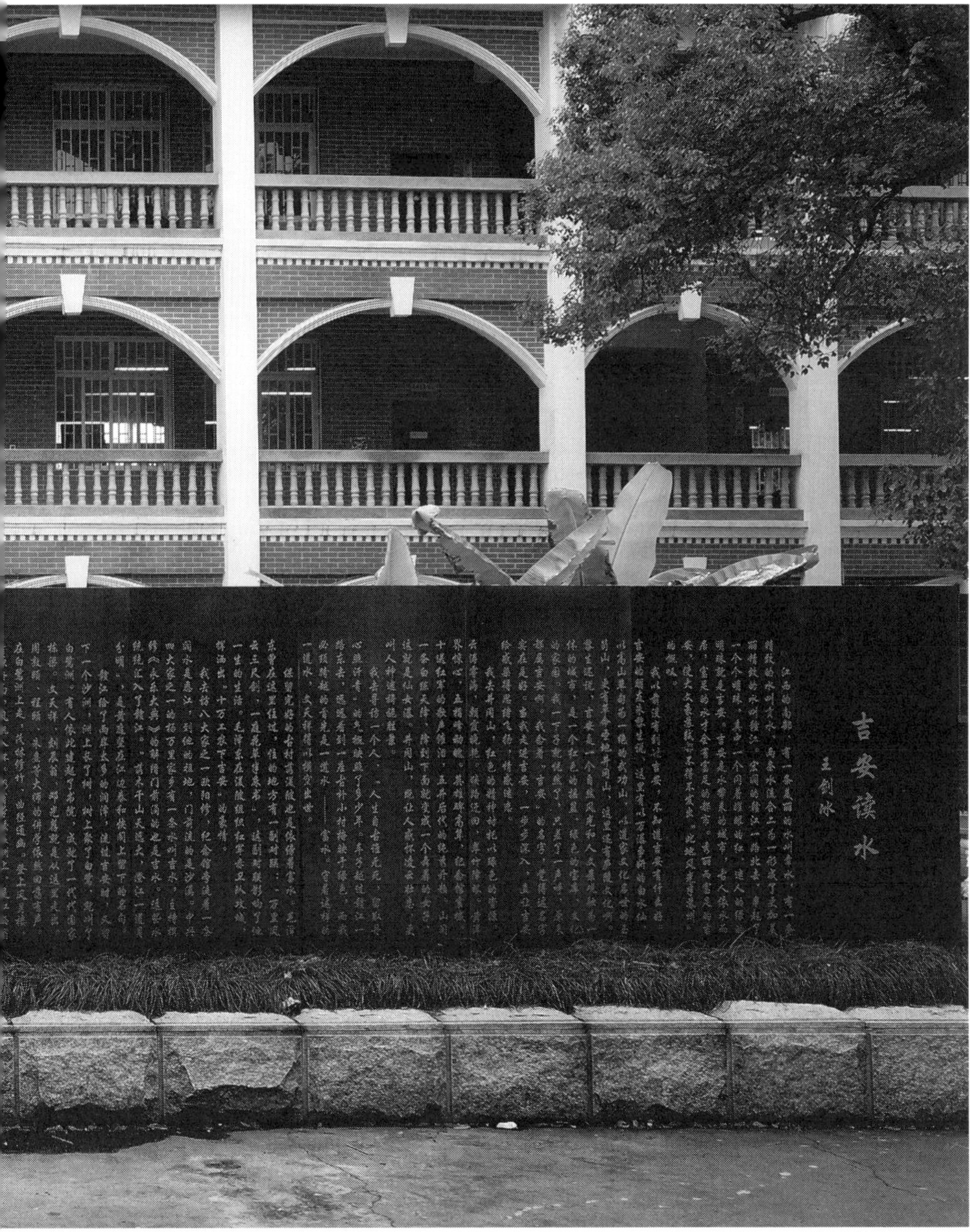
吉安读水
王剑冰

赣江北去，宏阔漫流，沿途不是雄奇的山势，即是陡峭的堤岸。山是秀色的山，堤岸上也多住有人家，较为平阔的地方就住了更多的人家，人家聚居多了，就变成了集镇，或者都市。赣水流过吉安的这片地方，就越发地显见出水的宏阔和都市的壮观了，因而就有了一个人杰地灵的所在。有人说，它的灵或许与白鹭洲有关。

大自然真的是很眷顾这个地方，一路汹涌的江水流过这里，突然一分为二，余下了一个美妙的沙洲。洲高而盈实，水的滋润，风的栖息，使洲上遍长了各种各样的树木，天长日久，树木葱郁，群鸟翔集。不知谁最早想到了李白的诗句"二水中分白鹭洲"，而给了它这个美妙的名字。却也有白鹭飞来栖上，做窝产卵，使这个洲变得名副其实。

在我的印象里，中国有两个白鹭洲，都是久负盛名，另一个在南京。宋代的徐俯曾经写道："金陵与庐陵，俱有白鹭洲。相望万里江，中同二水流。"可见在当时，两个白鹭洲就闻名于世了。南京的白鹭洲我没有去过，吉安白鹭洲我到得也并不早。

来的时候正值秋季，站在赣江边上，远看白鹭洲，就像一艘盈盈碧绿的航船。除了树还是树，近了，能看见各种各样的鸟儿从中起落，清脆的鸣叫融入了水中。走进去才知道，这里不仅生着树，还长着竹。茂密的竹林将一缕缕阳光透射进来，斑斑驳驳地洒在弯弯曲曲的小径上，顺着小径往里走，便看见了一个一个的屋舍，屋舍都很灰老，散落着时间的斑痕，却与这环境十分相称。

进入方形的或圆月形的小门，穿过青砖铺就的长廊，看到不同的碑石题刻，牌铭匾额，会感到有一种文化的味道浓浓地袭来。停住脚步，还真是听到了一阵阵忽高忽低的读书声。

最早于南宋时期，一个叫江万里的吉州知府就在这里创建了书院，名字或许就是白鹭洲书院。许多的江南学子得以在此深造。

有心人的播种总会给予他丰厚的收获，书院创立15年后的科举考试，吉州一地考中进士43名，大名鼎鼎的文天祥首中状元。文天祥可谓白鹭洲书院的代表。当时的宋理宗一高兴，亲自书写了书院的匾额，以示褒奖。匾额在白鹭洲一挂上，书院的名声

享誉遐迩，遂与白鹿洞书院、鹅湖书院并称江西三大书院。

尽管白鹭洲书院的规模没有白鹿洞书院那么宏大，但是它造就的人才却是有目共睹的。比如从嘉熙二年到南宋咸淳十年，37年来共科考13届，其中12届是在白鹭洲书院创立后进行的，吉州共考取进士378人，居江西之首。白鹭洲也真就像一艘航船，承载着中国的优秀文化前行。

正是有了这艘航船的引领，方使得吉安人有了尊师重教的良好风气。多少年里，真可谓"人无贵贱，无不读书"。因此说，白鹭洲是吉安的一幸，白鹭洲书院是中国的一幸。

现在的白鹭洲上，仍然有着学校，名白鹭洲中学，是江西省的重点中学。每年仍有一批批学子从这里走出，进入全国的重点学府，而后成为国家的栋梁。这是白鹭洲

文化的延续。

我把目光投向一个个教室，仿佛看到多少年前学习的场景，感到时光的更替中，中华文明昂昂不息的芬芳气韵。当我的文章《吉安读水》被刻石并立于白鹭洲上时，我感到是一种莫大的荣幸，那是同白鹭洲悠久的历史深深地融在了一起。我在洲上的学堂与学生们交流了一次，我觉得我已然成为白鹭洲学堂的一人。

想当年，文天祥就是高唱《正气歌》从这里走出，江山大任，置于一肩，浩然留下"人生自古谁无死，留取丹心照汗青"的赫然英名。

登上白鹭洲后面最高的楼阁，只感到雄浑的江水直面而来，转而又沧浪而去。历史或许就是这样故去了，但白鹭洲和这江水永在。

一阵清脆的叫声引我抬头仰看，几只白鹭翩然而起，像这时代的音符，翩然地远去了。

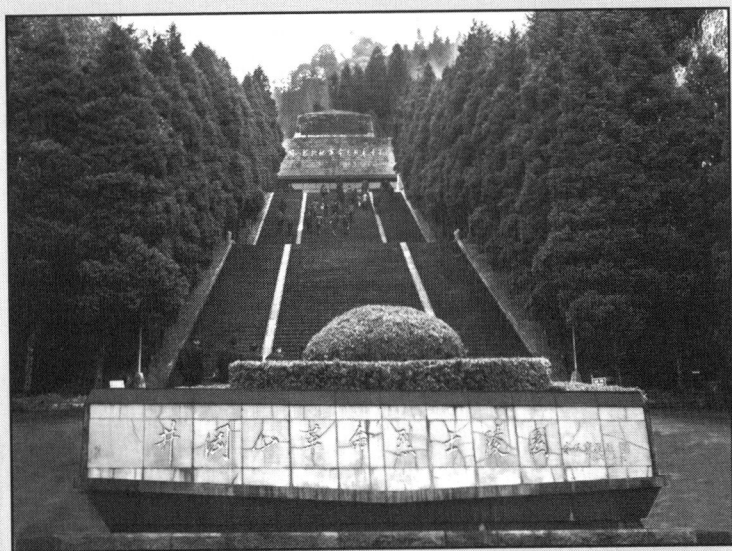

艰难岁月两封书

登上高高的井冈山革命烈士纪念馆，在众多的烈士遗像中，我猛然就发现了陈毅安的名字。

这个名字我曾经在黄洋界保卫战的英雄史册上见到过，当时，他就是这个保卫战的指挥员。年轻的陈毅安在当时毛泽东带领主力部队下山进行游击战而敌人趁虚而入大举进犯井冈山时，果敢而坚毅地指挥人数不多的队伍和当地百姓，打退了敌人一次又一次的冲锋，并且用仅有的一门炮和三发炮弹（其中一发还是哑弹）打退了敌人的进攻。毛泽东曾赋诗"黄洋界上炮声隆，报道敌军宵遁"。

仍旧是这个陈毅安，我在井冈山革命博物馆里见到过他俊秀的笔迹。那时我随着参观的人群匆匆浏览。展厅很大，展览的东西很丰富，要看的实在是太多了，没有谁能很细致地看遍每一个展物。而我就是在这匆匆的浏览中发现了一封镶在墙上玻璃框中的信。

这信一下子吸引了我，信就是陈毅安写给他未婚妻的，内容大致如下：

"志强：好久没有和你通信了，不知你近况若何？挂念得很……你的信我又收不到，真是糟极了……我天天跑路，钱也没有用，衣也没有穿，但是精神非常的愉快，较之前过优美生活时代好多了，因为是自由的……但最忧闷、最挂心、最不安适的，就是不独不能同你在一起……"

从这封信上我感受到了两点：一是陈毅安和他的未婚妻志强的相亲相爱，相濡以沫，那种互想互念的心情；还有就是陈毅安毅然决然地离开他的未婚妻投身革命，尽管条件艰苦，也乐意而为。

陈毅安的未婚妻志强不是一个革命者，但她是一个革命的支持者。她明大义识大体，把丈夫毅然送到了流汗洒血的革命前沿。她那时是一个普通的长沙邮局的女工，两个人相爱时，没有考虑到会分手，甚至是永久的分手。

陈毅安曾经跟未婚妻说过，那或许是一个玩笑，"如果我哪天不在人世了，我就会托人给你寄一封不写任何字的信去，你见了这封信，就不要再等我了。"妻子猛然捂住了陈毅安的嘴，她觉得这是不可能的事情。然而这件事情真的发生了，陈毅安在

一次攻打长沙的战斗中，也就是黄洋界保卫战的第二年，被一颗子弹打中。

　　妻子志强终于收到了丈夫的来信，那是期盼已久的信，志强打开来，竟然是一封无字书。志强惊呆了，想到丈夫那个戏言，她猛然失声痛哭。这封寄自上海的无字信，是陈毅安牺牲一年后，陈毅安的战友忍了又忍发出的，对于陈毅安的交代，他不想再欺瞒那个可怜的女人，何况那个时候志强已经有了孩子，这个孩子从来没有见过他的爸爸。

志强看着这封无字的信，变得恍惚起来，渐渐地不相信这是事实。她开始去找组织。但是战争年代，红军又进行了长征，到哪里去找？志强想尽办法通过各种渠道给组织写信，以求得陈毅安的消息。我们不得而知志强那些时间是如何度过的，但能感到一个女人心中的坚毅。

一封信终于传到了毛泽东手中，那时毛泽东已经到了延安。毛泽东想起来这个陈毅安，他应该是认识他的，随后就把信批转给了彭老总，因为陈毅安的部队属于彭老总管辖。彭德怀随即给志强写了一封婉转的回信，告诉她陈毅安确实是在一次战斗中

不幸牺牲了，让她有什么事情可以找当地的组织。

　　志强这个时候才感到陈毅安确实是离开了她，不由得放声大哭。一次次的痛哭后，志强觉得要好好地把自己和陈毅安的孩子养大，并给他创造好的学习条件。志强带着孩子去了北京，经组织安排，仍然在邮政部门工作，她把与陈毅安的一百多封凝结着深深情爱的信件转交给了组织。

　　看着陈毅安俊朗清秀的照片，让我不好与那个智勇双全的一线战场的指挥员联系起来。这个戴着一副秀才样眼镜的人，真的该是一个高校的教书匠。谁说革命者只有雄心赤胆，而没有温软之心？陈毅安与志强的爱情就像高高耸立的翠竹和那些微微盛开的野花，装点着这耸英雄的山峰。

春天的歌谣

清明时节，细雨纷落，万物复苏，坚守一冬的井冈山，乍然开放出一条十里长廊的花海，那是杜鹃花，井冈山人叫它映山红。远远望去，像一道五彩霞光，映红了整个山谷。

井冈山是革命的摇篮，因而人们总能把映山红同这座英雄山结合起来。正看得出奇，耳畔真的响起了一阵歌声："夜半三更哟盼天明，寒冬腊月盼春风。若要盼得红军来，岭上开遍映山红……"扭头看，唱歌的是一个红妆少女，与她结伴的是一个潇洒后生，一看就是外地的游客。我问他们来自哪里，他们说来自吉安。井冈山不就属吉安吗？他们说是啊，就是因为离得近，每年都要来此赏杜鹃，走一走这十里花廊。男孩子递给我一个相机，让我为他们照张合影。我清楚地听到男孩叫了一声女孩的名字，我说你叫什么，杜鹃？女孩说是呀。多好的名字，与这满山花海构成同一种花语，构成纯洁与烂漫的象征。我寻了一个最佳角度，把这人间的花语摄入了永恒。我想他们知道杜鹃花的箴言，当见到满山杜鹃盛开，就是爱神降临的时候。

我特喜欢这杜鹃花，来的时候，还专门查了查，杜鹃花的别名有映山红、艳山红、艳山花、清明花。我觉得映山红的名字实在是好，它就像一首民间的歌谣，带有

着雨露样的春天的气息。我问身边的朋友，为什么井冈山的百姓叫它映山红？朋友说，这片花野开起来多为红色，而且多是五瓣，五瓣，那不就像闪闪的红星？真的是带有着鲜明的含义。我还知道，朝鲜语中的金达莱，藏语中的格桑花，都是说的杜鹃。杜鹃有很多个种类，据说全世界有900多种，值得自豪的是我们中国就有600种之多。杜鹃花的生命力超强，它既耐干旱，又抗潮湿，不需深根蔓须，在很浅的泥土表层都能固定生长。而它最大的特性，就是不怕污浊的空气，能够稀释尘灰，调节水分。本来就让人喜爱的花儿，知晓得越多就越发喜爱。有人称它为花中西施，而我更愿把它想成山间的女子，健康、挺拔、美丽而不矫饰。诚然，它毕竟是一种植物，那就还按照植物来研究它。我还知道它另一个别名，叫红踯躅。"踯躅"，不是徘徊不前的意思吗？红色的徘徊不前？或者是徘徊不前的红？让人费猜想。有白居易的诗"晚叶尚开红踯躅，秋芳初结白芙蓉"；而日本的汉字里，解说杜鹃花就是两个汉字：踯躅。我打开电脑，敲出了这两个汉字，许多的条目里竟真的发现了它的来历。《本草纲目》中称："羊食其叶，踯躅而死。"曾有人"以其根入酒饮，遂治于毙也。"我方明白这种花的另一种特性，就像一个美丽的女子也是有个性的一样。井冈山的朋友说，你可以尝尝这种花瓣，它是酸甜的。我小心地摘一瓣入口，确实如此。朋友说，这种花吃几瓣就可以了，吃多了就会流鼻血。我当然不敢多吃，否则会变成一只踯躅的羊。以前看《水浒传》，总为里面提到的蒙汗药而感到稀奇，现在才知道，杜鹃花和曼陀罗花一样，也是古代制作蒙汗药的药源。好有意思的杜鹃花。

　　而跟它同名同姓的还有一种鸟儿，鸟也有别名，叫子规、布谷、杜宇，像一位诗人的名字。杜鹃鸟和杜鹃花一样，也是催春降伏，乡人们一听见"布谷布谷"的叫声，就知道该播种了。我也曾一度不明白，为什么花名和鸟名是这样没有任何区别的一致？问了井冈山的朋友，他给我讲了好几个故事，关于鸟的和花的，我愿意接受其中的一个。传说古蜀国有一位国王叫杜宇，他与妻子恩爱有加，但却遭小人所害。他的灵魂化作了一只杜鹃鸟，思妻心切，日夜在妻子所居的花园中啼鸣，哀声带着点点鲜血滴落。妻子听见，知是丈夫灵魂所化，便日夜哀嚎："子规子规"，终究郁郁而去。她的灵魂化作了火红的杜鹃花，开遍山野，与杜鹃鸟相栖相伴。将杜鹃花与杜鹃鸟赋予这样的神话传说，真的是世上无几，令人感动。

一场短暂的微雨过后，阳光从云间洒落下来。沿着千回百转的山间甬道，可看到阳光照射或照射不到的片片花海，泛涌着明明暗暗的色光，芬芳的气息蒸腾而上，置入其中，有一种被这气息淘洗的感觉，胸间变得清爽而明澈。细看近前的杜鹃，花瓣密密匝匝，蕊连着蕊，瓣贴着瓣，相依相伴，组成云蒸霞蔚的奇观。那管状的花，像齐奏着红色的乐曲，将井冈山的春景渲染得无限远近。"夜半三更哎盼天明，寒冬腊月盼春风……"那个叫杜鹃的女孩子的歌声又响了起来，我已经看不见她的身影，唯有那甜脆的歌声像这漫山遍野的花儿，在山间起伏回响……

大洋洲——青铜王国的彼岸

通常说中原的黄河流域是人类文明的发祥地。这种说法，一直很顽固地占有着历史教科书或人们的观念。在这条亘古绵延的地脉上，有着敦煌、咸阳、西安、洛阳、郑州、安阳、商丘、许昌等等集聚着中华文明的人类遗迹与历史物证，许多朝代的都城也都建立在这个地区。自然地，由这些都城俯瞰而去，遥远的北方和南方就成了荒疏蛮夷之地。那些地方或许只配流放充军，对那里的人也总以北侉子、南蛮子称之。

在中原逐鹿、历史不断发生变故的年月，中原人不得不背井离乡，去往这些荒蛮之地，寻求一种逃避和安逸的生活。这就有了某种强迫与被强迫的感觉，人有一种怀旧的故土情结。似乎去了这些地方，是带有着某种委屈和不情愿。事实上，真正地在这些地方生活起来，还真有着与中原不同的安逸与舒适，起码少了很多的战乱，有着足够的田地和充沛的水系，果腹的问题很容易得到解决，自然地也就有了读书、学习的环境和向往。因而这些地方走出来的文士在后几个朝代里也便极大数量地超过了中原。

有人说历史是由人来写的，那么这些人所著历史的依据又是靠有限的现存史料与存在来决定和完成。真正很多的我们尚未知的历史还远在尚未发掘的地下与时间的深处，比如前不久发现的四川三星堆，还有云南的李家山。这两处处于荒蛮之地的青铜遗址同中原的殷墟商都遗址几乎同在一个时期。事实上，商都妇好墓的发现也是近些年的事情，此前的历史不会有此记载。那么历史就必须改写或重写，人们的认识也便不得不发生一些改变，去重新认定和研究。

我说的这个意思，是因为我的目光又盯在了江西新干县大洋洲青铜遗址上。

这该是距离现在最近的时间发现的。这个时间标注在1989年。那正是一个思想纷乱的年代，很多人的注意力不大集中。历史却又一次震惊了，因为大洋洲青铜器的出土，使得江西这块历史上古老而偏远的土地变得异样起来，它猛然间发散出的文明光亮驱散了很多顽固的文字与认识，说明在三千多年前，人类的文明就已经在这里开放出璀璨的花朵，这些花朵就是那一件件让人眼亮的用于耕作的犁、耒、铲、镰等，其设计之精、想象之妙同我们现在的农具相比，仍然毫不逊色，甚至说，现在的农具是从它们沿袭而来。青铜的物件至今仍闪烁着锋利的光泽，它们中的同伴有的在整个中国都是首次被发现。

我们的祖先在当时，已经能够利用他们的聪明才智与土地和农作物打交道了，这些在当时是十分"现代化"的耕作工具生产出来的粮食，足以丰盈他们的粮仓。大量的记载和事实表明，很多朝代宫廷与军队的粮食供应来自这片地方。不仅如此，大洋洲还出土了很多的青铜礼器、乐器及兵器，还有精密的玉器与陶器，说明这些地方的人一定的生活质量，起码贵族的生活与中原贵族的品位是相当的，没有什么差异性。那些玉器很多是生活的配饰，造型、打磨、穿孔、勾画的工艺已达到十分精密的程度。

我的目光在一件侧身羽人玉佩上浮过。这件玉佩是那么的形象灵动、精细润泽。它被吊在三个相扣的玉环上，环环相扣的微妙看似简单，实则不知用去多少功夫。古人是用了何样的工具打凿成这种可人的形态？

那些兵器更不用说。既然是兵器，就是用来打仗的，兵不利则战不胜，对于兵器

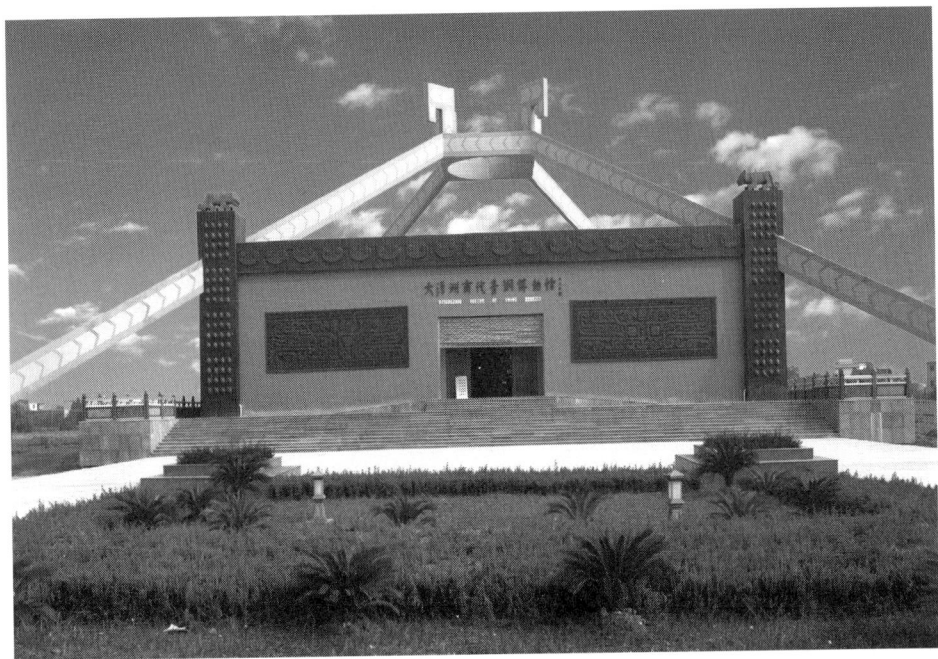

的铸造，要求十分讲究和严格。那些泛着青铜色光的矛、槊、戟，依然寒光凛凛，杀气腾腾。

当然，说一个地域的文明代表不止是在战争和杀戮上，主要是在生活上。青铜的农具和配饰的玉器，都说明了这一点。

再就是那些礼器。看那件一只小鸟骑在双尾虎背上的青铜器，是多么令人叫绝。它不仅造型奇特，纹饰精美，而且有两尺多长。一头壮硕雄威的老虎和一只精灵的小鸟和谐在一起，显示出了庐陵地区先民高超的工艺与丰富的想象力。这与当时中原文明的发展与走向是一致的，甚至在某些方面，它还走在了前列。

这些文物出产于本地，而不是由隆隆的车辇经过千万里的跋涉运输而来。这说明了一个问题：在当时必有着热闹而繁忙的采矿业。

这里在进行着矿石的开采、运输，有着熊熊的炉火排列的冶炼作坊，还有设计、铸造、研磨等等工序，必也有大量的石匠、工匠、木匠，也要有监工督造的美石专家、军事专家、器乐专家、美术专家等等。那么，从大洋洲，从新干县扩展而去，一直扩展到整个庐陵地区，方圆不知多么广大的地域，该有着怎样的一个操作与承受文明的场所。这或许是一个都市样的情形。总之，得有这样的一些处所，来进行和完成如此美妙的作品。

实际上，我们还不知道尚未挖掘出的地下还有多少宝藏，还存在于何方。

大洋洲这个名字是如何得来？它真的给人一个无限深远和宽广的想象。

大洋洲所在的新干县也有味道，猛一听，会让人想到是那种现代化的"新干线"。

新干县有了大洋洲青铜历史遗迹，真的就有了无数种自豪的理由，这个自豪的理由也可以给新干所属的吉安。

只是这个青铜历史博物馆建得还是有些小气了，如果再大而广之，把很多的原物复形其中，把发掘的现场还原其里，像一个遗址公园一样，构成一种身临其境的景观，那么这个遗址对于江西对于吉安和新干县来说，就对等了。

钓源古村

顺着蜿蜒的乡间小道，也顺着那濛濛细雨。

车子一路穿行好久了，是从一条大路上猛然拐趸进来的。

过去这样一个地方，是否也有一条官道通连，否则它怎么隐藏得这么深，又这么久？

这个村落在咸丰年间就已经有了万余人口，并且还有店铺，还有戏园、赌场和跑马场，大大小小的铺面场所竟一两百家。如果没有一条像样的官道，方圆数百里的官宦富商如何会络绎而来，博彩听戏、品茶饮酒？现在来看，这个远近闻名的乡间都市似乎早被冷落了，并且冷落了好多个时辰。

一个奇妙的村子，就这样隐在了一片大树之中，或者说，完全被那些古木参天的大树保护了起来。如果不是有人引导，便会在这乡道上与这个钓源古村擦肩而过。真想不明白，为什么要叫"钓源"，是垂钓这个村子的来历，还是在寻找陶令笔下的那个世外桃源？一个"钓"字，让一个村子在想象中瞬间鲜活起来。奇妙的是，这千年古村繁衍生息到现在，村里的人仍然只有一个姓氏，那就是"欧阳"，是北宋年间与欧阳修同宗的欧阳氏后裔，在此肇基并发展至今。

车子终于钻进了绿色的林带，一个气宇轩昂的老者正笑容可掬地守在村前，这便是近一个时期颇有些名气的欧阳老村长。说他有名气，是因为他为宣传这个村子、推介和促进旅游发展而做着不懈的努力，还因为他不同于村里人的说话口语，操一腔湖南方言，抑扬顿挫，妙趣横生。由于他的曾经学过唱戏的功底，使他介绍起来也就有一种分明的舞台形象，举手投足、抬脚行步都与常人不同。

每有客人到，他都会先问时间，然后根据你参观的时间来决定他所讲的内容。老村长恨不得所有的来人都看上一天时光，他甚至讲，一天都是紧张的，不可能把这古村的美妙看够看透。如果你说的时间太短，老村长会立时感到索然，觉得你小看了他这个村子。对于那些想走马观花的游客，这个很有性格的老人是不愿赔上腿脚又搭上言语的。你若说不在乎时间，他就会兴致勃勃地领你走街串巷，顺着青石铺就的小道，在这村子里迷宫一样地转来绕去，看了这里看那里。

　　老人身上带着一串钥匙，他似乎可以开启任何一扇锁闭的大门。有时候进入一个人家，家人正团坐一起吃饭，他也就毫不客气领人进入其中，颔首言笑，然后像介绍自家宝物似的介绍房内的精华。那些精华实在是多，不是雕花镂空的窗扇，就是镶金镀银的匾额。窗扇上的图形皆寓意深刻，老村长指着其中有螃蟹有荷叶的问是何意，大家回答不出，老村长说，你们没有发现吗？我们的先人已经把我们现在的向往先行领悟了，这可是和谐之意啊！说得众人就齐凑上去看。正看着，老村长又会指着地上躺着的一块石碑，那竟然是米芾的书法。

　　往往是巷子窄得让人不敢快走，走快了不是撞脑就是擦肩。而这样的巷子里却会隐着一个一个的高门大扇。打开一扇进去便是一个奇妙的世界，有的还有一进一进的院落，让人想到藏而不露的先人的小心与仔细。那些小心与仔细还在于它的防洪功能，在于那些大门一个个斜立，房角多建成弧形，在于村路的八卦布阵。凡生人来，多迷津不得出。还在于那七口水塘，像七星伴月，伴着欧阳族的世外生活。

屋子里的生活也一定是有滋有味，甜美无限，你就看那一个个朱红鎏金的雕花大床，就能品出那些幸福人儿的生活质量。床上精雕细刻着的不是麒麟送子、喜鹊登梅，就是竹节梅花、八仙过海。睡在这样的床上，晚间的梦都会是五彩缤纷的。而有些床，还设了暗道机关，若有突发变故，打开床的后板，可脱逃而去。

　　如果不是老村长打开一扇扇这样的大门，你必不能想象和领略古人的那种对于生活的讲究，和他们花在其中的聪明才智。那些聪明，转化到下一代身上，必然也就携带了聪明的基因，科考及第入仕为官，四面游走八方扬名，每年一个时辰，这些才俊便会聚在欧阳祠堂的大院里，与父老乡亲一起禀告先贤。

　　祠堂前，以条石竖起高高的旗杆，一个旗帜，便是一个功名，也便是欧阳族老的骄傲。老村长每到这时便让人猜想那石柱的妙用，有人猜是拴马桩，老者听了，便觉亵渎了神灵一般，以舞台上的腔调说："这样说来，那可就是折杀了我祖，不道了歉去便不得罢休。"而后，据实以告，而后又堆出笑来，让两人把手伸过那石柱的孔洞拉上一把，说："自会有祥福降临。"遇了桂树，也要让人上去摸上一摸，说是沾沾这古村的贵气，于是从这村里走出去的人个个都心情畅舒，喜笑颜开。不是图了老村长的话，而是图了不虚此行。

　　车子再次蜿蜒离去的时候，想：这么一个好村子，若是在中原，早就有人趋之若鹜，相塞于途了。

赣江北去

大自然赠予东方的这块地域的结构，是西高东低，因而从西部山区汇集的流水往往是东向而流，最终注入大海。大水东流去，似乎成了一个定律，但是，进入江西地界，如果你不转向的话，便会发现一个奇妙的现象，赣江这条宏阔的大水，沿崇山峻岭夺峭石险峰闯暗礁峡谷，竟然是潇潇然、汹汹然地一路北去。没有什么力量能够改变它坚毅的流向，而且在沿途它还一路要收留起富水、泷江、禾水、泸水这些同样汹涌浩荡的支流，汇成自己坚毅的气势。

　　因而这条北去的赣江也就成为了中国江西的母亲河，自有人类遗迹始，就有先民在这河的两岸繁衍生息，刀耕火种，形成大汉民族一支独特的分支。正是有了这水的滋润，使赣江两岸的土地变得富饶、肥沃。

　　在赣江中游的这个地段的五百多里水路的辖区内，就是吉安。这个被称作古庐陵和吉州的地方，最好地利用了这赣江之水。它首先使农业的发展达到了一个稳固的高峰，是北宋政府的后方粮库。当时光吉州一地运往官府的粮食每年就多达六千万斤，载粮的船会排成长长的队列，顺着赣江一路北上，那船多达六百多条。到了南宋，江西一地提供的粮食占整个江南的三分之一，而吉州又会占江西的三分之一。这样说来，在整个江南的粮食供应中，吉州一地就提供了十分之一，这从另外一个方面可以看出，古时吉安这个地方由于赣水的充实，粮食的生产是多么的富足。

　　这一段赣江，也是河流运输最繁忙的地段，不仅有连接上游的天险十八滩，更有十八滩以下平缓宽阔的水道。官府与民间的活动在这条江上达到了高峰。据史料载，在宋天禧年间，全国造船2916艘，吉安一地就能造525艘。这不仅说明吉州造船业的发达，更说明这条水系船的需求量。造船的木材这里也不缺，在吉安的安福、陈山所产的红心杉木，就广为用于设在赣江边的船厂。朝廷也看好这块水域，在这里设置了大型的造船基地，这船大都是要承载三十吨的庞然大物。造船的速度也是相当惊人，几乎每天都要有两艘船下水，一艘艘的船下水后，就都承载着各类货物消失于浩浩江流之中。

　　水运为人们带来了巨大的商机，这里的山货、粮食、陶瓷源源不断地通过赣江、长江运往全国各地，甚至通过海洋运到更远的异域，又把他乡的特产运回吉州，这样吉州这个城市就变得热闹非凡。吉州所有各县区也同样成为繁华的集镇和商贸中心。南宋人刘辰翁曾这样描述过："歌钟列妓，长街灯火，饮者争席，定场设贾，呵道而后能过，往往可厌……"一个街市的热闹程度让一个学者都有了厌烦的感觉，可想当时是怎样的一个大都市的气派。于是这里不仅有了宏大的造船基地，还有了大型的陶瓷生产基地，有了各类的旅馆茶舍，鳞次栉比的商铺。明清时期，在吉安城设立的商业会馆就有二十四个，沿着赣江一线还有按照盐、米、木等二十一个分行业的分类、运货码头，各种各样的船队有15个支队。

农业和商业的繁盛也带来了文化的繁盛，很早这里就有了白鹭洲书院，以培养一代代学子。这里出现了一大批闻名遐迩的文人学士，他们或沿着赣江走出去，或顺着赣江走进来，把一个庐陵文化做大做强。还有军事上，从秦始皇开始，几乎所有对于江西以南的征伐都无不利用这条大江。

赣江，它承受了中国厚重的文明发展史，也承受了江西人勤劳、勇敢、艰辛的汗水与泪水。在这条江上，似乎依然能听到那抑扬起伏的拉纤的号子和船工的歌声，能望见首尾相接长龙一般的运输的船队。在这条江上，不知上演了多少历史活剧。苏轼被贬走过这条江，黄庭坚上任走过这条江，欧阳修葬母走过这条江，文天祥被囚走过这条江……

江水滚滚，芳草萋萋，晃眼之间，那水已不是刚才的水，那草也不知是更替了多少年的草。江中的沙洲聚了又散，散了又聚，沙洲上的鸟儿起起落落，一个诗人将这景象引入感慨，一个画家把它永久置于画布之上。

历史就是这样，大自然赐予的最终还将归属于大自然。除非沧海桑田，发生新的巨变，即使一切都随着时光逝去，汹涌的赣江依然北去。

北去的赣江，像一条常年不懈的输送带，尽管后来有了铁路，有了更多的公路和高速路，船运的作用渐渐式微，但是这条江人们不会忘记。其实，它仍然而且永远是滋养我们民族、我们生活、我们文化的血脉。

惶恐滩头

赣江，是江西的母亲河，更是吉安的母亲河。从秦至清的两千多年里，赣江一直是沟通南北交通的大动脉。于是可以说，沿途的赣州、吉安等地都是水带来的城市，它们因水而发达。多少年前，在没有铁路和公路的大规模的打造和开通之前，赣江，它就是一条北方通往岭南的唯一的航路。它是官道，也是维系着民生民情的生命道，可以说帆樯竞发、舟楫穿行的景象是名不虚传的。

　　然而，赣江又是一条天险之路，尤其是吉安的万安至赣州这段90公里的航道竟有着艰难险阻十八滩。"赣江之险天下闻，险中之险十八滩，船过十有九艘翻"，此说虽然邪乎，但由此也说明这段河道的非同一般。

十八滩的最后一滩即是惶恐滩。

我站在惶恐滩头向上看，两岸是高山绝壁，硬是把一条江挤在了怪石嶙峋的险狭之处，汹涌而来的江水无路可走，就在这一地段挤成破浪碎涛，而又由于水下暗礁林立，那水声就更显得惶恐争鸣，有诗说"赣石三百里，春流十八滩；路从青壁绝，船到半江寒。"惶恐滩是赣江上游的最后一个锁口，之所以叫锁口，其险可想而知。过了这道锁口，两岸豁然开朗，江水一决而过，像松一口气一样，变得舒缓平阔。

因而赣江行船的人听到惶恐滩，没有不感到惶恐的，然而要上行和下行又必得走这惶恐滩。"涛声嘈杂怒雷轰，顽石参差拨不开。行客尽言滩路险，谁叫君自险中来？"那时的人们，行船到这里，就等于把脑袋别在了腰间，拼过就活了，拼不过就会葬身在这万顷波涛之中。

我在岸边遇到一位撑筏的老者，老者说：他的爷爷就是死在这惶恐滩头了，那是他亲眼所见。爷爷和几名船工把着一条运粮船，行到水急浪高之处，那船就再也把持不住，由着水性被甩在了礁石上，船立时就翻了，人落在水里，冒了几冒，连叫的声音都没有，就再无了踪影。他后来只在岸边捡到了一些船的碎片，家人把那些碎片埋在了岸边，权当是爷爷的坟墓。

老者说，这片滩头那时多有拉纤人，也有胆大的撑船人。为了挣钱，总有些胆大的人要拿着自己的性命与这艰险搏上一搏。所以很多的船只到这一带也会把命运交到这些人手里。

这个惶恐滩头，水小了险恶，会更加怪石峥嵘，撑船人受到更大的限制；水大了也惶恐，因为水流加急，礁石隐在了水底，水流不定旋转到哪里就会划散船底。

当年的苏轼被贬广东惠州，而后又奉诏回京，必也经了这个赣江天险。他在《八月七日初入赣过惶恐滩》的诗中写道："七千里外二毛人，十八滩头一叶身。山忆喜欢劳远梦，地名惶恐泣孤臣。"多少年过去，又一个人物辛弃疾路经万安县南的造口壁，也写有"郁孤台下清江（赣江）水，中间多少行人泪！"想这两位大才子也经历过惶恐滩头波涛的洗礼，算得是有惊无险。

吉安人文天祥对这一带赣江应该是十分熟悉的，1277年，他在永丰兵败，从这里退往福建，两年后，在广东海丰被俘，因而有诗一句"惶恐滩头说惶恐，零丁洋里叹零丁。"他或与这赣江太有缘分，被捕后，誓死不降，元兵无计，将他押解，乘船顺江而下，押至京城。文天祥绝食数日，计算好行程，决心船到家乡时魂归故里。然而船顺风而下，没有达到他的预想。假如船在这惶恐滩激流触礁，文天祥也便与这赣江组成一曲千古绝唱，不至于首刃刑场。

一阵风从上游的山口踅来，吹乱了我的头发，我猛然缓过神来，身边的老者也已撑筏远去。

实际上，我的眼前早已没有惶恐滩的争鸣景象，这个锁口之地，现在已变成了一座一公里长的大坝，大坝的下面就是在江西数第一的万安水电站。这个水电站1958年上马，后又在1961年下马，经过多少周折，前些年，才形成了现今的样子。

我走向大坝的中间，那是一个船闸，可供上下游的船只经过，而就在这船闸的下面，就是赫赫有名的惶恐滩的最险处。脚踏其上，内心还真的有种异样的感觉自脚底涌起。顺着大坝向前望去，赣江在这一段已经形成了一个高高的平湖，是大坝和两岸的山峰共同抬高了水面，同昔日的十八滩真的是两个景象了。

正看着，叽叽喳喳来了几个女孩子，问起她们可知这个地名，她们竟然不知道惶恐滩而只知道水电站了。

走下大坝，当地的一个朋友递给我一本书，我在书里看到一幅不知出自何人之手的惶恐滩头的画，一时又让我陷入幽古之思。

归来打开博客，看到一个熟悉的网名的留言，听说我去了万安，也去看了惶恐滩头的水电站，而她就在那个水电站里上班。我倒想起来了，她曾经跟我说过并且留下了联系方式，我的眼前，一个女孩子天天守着这古老的赣江水，面对着惶恐滩头写诗的形象顿时鲜活起来。

吉安的早晨

　　轻轻掀开夜的薄纱，一缕晨曦明明白白的，晰晰爽爽地透射进来，映入眼帘的，是一派一派的红土。红土无处不在，在堤坝，在山岗，在稻田，像一首首色调微浓的歌子，执著地，荡去了我此来的北方的尘埃。

　　很多的桐花，像吹着朝天的喇叭，奏响欢迎之歌。桐树特别多，不同于北方，多是人家院内的点饰，在这里，它就像自然之子，从从容容的，将一穗一穗的繁花聚起，像是开不败的春季。山上绿色遍布，高大的樟树，或者柳树、松树，不知名的树种，共同织成绿的锦绣。每棵树，都像是一个精灵，只有精灵，才会如此鲜活，随风一动，便觉是在冲你点头。树和树倚在一起，树和藤缠在一起，越来越密。而有缺点的地方，便生出了一朵一朵的映山红。映山红，真好的名字，那么几束，就将这翠色点染，像一团火焰，让人难以忘记。

　　水色晕照的地方，是稻田。有的已插好秧，农人们穿着水靴，在忙着检视，有的刚刚翻好田。一片一片的稻田，散落着一只只的水牛。水牛稳健而勤勉，在这个春

天的早晨，低头悠然地吃草，偶尔回望，形成一幅静的剪影；闷了的时候，就一声长哞，一声长哞，就将明明的太阳从山那边唤出来了。于是，整个风景顿时鲜亮起来，丝是丝，缕是缕。

阳光射入了我的眼睛，我急急地要跳下车，融入到这南国的明媚中去。

狗牯脑·茶

茶，是多么美丽的名字。一个"茶"字，就是一首诗，或是一个女子，一首山歌。因为茶，有了一种文化，有了一种历史，这文化载着历史，远远地在茶马古道上叮咚有声。有人给茶起了名字，叫"龙井"，叫"碧螺"，叫"雀舌"，叫"云英"，念叨着这些名字，立时就口舌生津，五内俱熨。

　　可还有一种茶："狗牯脑茶"。名字是那般朴拙，丝毫没有余味悠扬。把它叫成茶的名字，着实不大美气。

　　就是这么一个名字，1915年就成为传扬世界的美名，那是同茅台酒、张小泉剪刀一同获得世界博览会的金奖。不知"狗牯脑茶"翻译成外文是怎样的意思，也许在老外

的口中，是那般婉转悠扬呢。因而多少年间，就总有人从各个地方来寻这狗牯脑。

走进江西我才知道，它就在遂川的汤湖镇。汤湖，因温泉而得名，泉里泡着，一抬眼，便看见一只小狗在一座山包上翘首，天上是一弯将圆未圆的月亮。陪我来的修桢说："那就是狗牯脑。"我心中一惊，在四面环拥的群山中，它着实是太小了，惟其小，才显得特别。

或许就是有了这群山环绕的呵护，有了这汩汩热泉的殷殷，还有了环绕着的清澈碧绿的一溪水，构成了它独特的地理环境，因而环绕着狗牯脑山遍植的茶树，也就那般的与众不同。

我来正是清明前夕，姑娘们正在采摘着雨前茶，这当是最好的银针玉笋。陪我上山的贺小林说："姑娘们的巧手掐的是新茶的芽尖尖，即使是最能干的一天也不过能掐两三万株。要是采摘一斤这样的茶，得需要六七万株。因而这样的茶在清朝就已经是上等的贡品。"

朝阳还没翻过前面的山头，只把一缕缕的彩霞推涌过来，茶林里也泛起了一层层的好看的光泽。姑娘们的两只手鸟一样地翻飞，扑啄，似在弹拨着一架绿色的山间古琴。左溪河在山脚显得更加碧绿。间或扬起来的脸，都是那般俊秀。喝着上好的茶，泡着上等的泉，这里的人个个滋润得很。

我把这一切揿入镜头，真的是一幅难得的美妙画面。

狗牯脑茶产量不大，尤其是雨前茶，因而显得弥足珍贵。姑娘们白天采的茶晚上经过制茶合作社的精心加工，随后就有人赶着上门。

制茶师傅为我沏了一杯雨前新茶，水刚入杯，那茶像有着某种灵性似的，轻歌曼舞，似把一个"茶"字聚合又拆解。清清的一股茶香扑面而来，没有尝，就已有一种微醺的感觉。

细品漫润后离去，真的说不清是清醒还是迷醉。沿着弯弯曲曲的左溪河，踏着时隐时现的月光，那股茶香，似乎还在嘴边，而且越发浓烈起来。以为是幻觉，抬眼向上看去，就看见了那座狗牯脑山，香气却真的是从那里散发而来，那是桂花和茶相融

相和的气息。

　　也巧，茶林里竟然生长起一棵棵的四季桂，春夏秋冬每季都开花，与那茶香便时时相伴在了一起。又一片云将那月光遮没的时候，狗牯脑山，就像是那一叶墨绿的茶，在微风中摇，恍惚中摇出一阵山歌，忽抑忽扬地响起：

　　　三月清明雨打墙哟，

　　　阿妹背篓上山岗唉，

　　　有心等得郎儿来呀，

　　　泡过温泉品茶香哟……

吉州窑

在中国古代，福建的泉州是中国对外贸易重要的港口，许多中国内地的商品通过水路和陆路运往这里，再由这里装船运往别的国家。

其中就有这么一艘船，装载了众多的中国商品，驶往邻近的朝鲜。不想，这艘商船一去再无消息，就像驶入了一个千古迷津。深邃的大海将这个谜保守了一千多年，直到1976年，这艘船在朝鲜的西南部被打捞出水。让人惊奇的是，船上其他的物品都已损毁，唯有中国的瓷器依然亮显着光泽。那是多么大的一堆瓷器啊，又是多么精美的艺术宝藏啊。经过考证，这些瓷器来自中国江西的景德镇，更有一些是来自于江西的吉州窑。现在，作为陶瓷名都的景德镇依然炉火熊熊，吉州窑却已停烧五六百年了。

数百年以后，当我沿着赣江溯流而上，走入这片古窑址的时候，我依然有着某种兴奋。这个叫做永和镇的地方，紧靠着滔滔的赣江，四周田野平阔，绿林环绕，房舍村落点缀其间。仍有田牛横卧，鸡鸣狗吠，俨然一幅似曾相见的乡村图画。

而慢慢地会发现，这里与别地的不一样处：通往那里的曲曲弯弯的小径会垫了细细碎碎的陶片，一些池塘的边沿也会积了一层层的碎陶，村野地头，随处都能捡到大小不等的带各种纹饰或彩釉的陶瓷碎屑。这时你会感到你确实走入了一个具有神话色彩的地域，一个曾经让世界为之惊羡的陶瓷王国。

随便问一个上岁数的人，都会热情地指给你，那曾有着24孔窑址的地方，那些窑址绵延起伏于两公里的一片地方。由于每口窑的四周都会有废弃的陶瓷碎片，时间长了，这些碎片就堆积成了一个个小山包。站立其间，似乎仍能感觉到那种炉火熊熊的热闹场面。

那是何等的壮观。忙碌期间的工人最多竟然达到了三万多人，别说忙碌，就是站在那里，也会是晃晃一片。永和镇，这个在晚唐时期兴起的窑场，到后来竟成为声震江南的一大名镇。

中国的祖先在很早就开始了陶器的生产，那是为了便于生活。而制作这种陶器的人大部分在黄河一带的北方，南方出现得较晚。永和镇的吉州窑之所以兴起于晚唐，大概就是那时的战乱使大批中原人南迁，一些烧瓷艺人找到了永和镇这样一个地方。

这里既有水也有瓷土，还有周围山上的松木。历史描写这里的鼎盛时期，是"锦绣铺有几千户，百尺层楼万余家。"这些铺面和层楼分布于三街六室，可以想见那不止是二十四个窑场的繁忙。围绕着这个窑场，会有吃喝供应的生活街坊，会有薪柴集中的供应食仓，会有来自全国四面八方的采购人员，因而也就会有大大小小的旅次馆舍，一些大的经营团体干脆在这里设了办事处。尽管吉州窑属民间自发形成的，但由于它宏大的规模和它给中国所带来的影响，官府也不得不派驻各种管理机构。一些歌姬舞女也应声而至，这便构成了一个热闹繁杂而又富庶祥和的一个小世界。在北方多数地区战火频仍的环境下，这个小世界得以兴隆六七百年。

六七百年间，由这里生产的各种各样精美的瓷器进入了皇宫贵院，成了达官贵人手中的珍赏，也成了寻常百姓家的美物，更成为东南亚一带甚至中欧地区通过各种门路竞相购置的宝物。中国瓷器很早就在世界上享有盛名，那些讲着各种各样奇妙语言

的外国人视中国的瓷器为不可思议的奇物。为此，永和镇吉州窑对中国的文化艺术的传承以及商业贸易的发展是有着不可忽视的贡献的。

24个窑址像24部线装书排列在那里，排列在中国的史册上。它或有些发黄变色，有些陈腐颓毁，但拂去这些灰尘，仍让人看到那熠熠闪光的色泽。我曾经看到过一些照片，那黑色的瓷盏，黑得那般晶亮，白色的釉瓶，白得那般豪奢。那些在烧制中经过特殊处理后的窑变工艺，真可说是鬼斧神工。现在的日本东京国家博物馆收藏的彩绘花瓶是难得一见的珍品，天目盏成为日本传世之宝。而玳皮盏、木叶盏已成为日本的国宝级文物，每年供人观看的时间是有限定的。美国波顿美术馆也收藏有吉州窑的黑釉加花蝶纹瓶和卷草纹加彩壶，他们把它视为稀世珍品。由于吉州窑的停烧，许多国家许多人的珍藏着实成了稀世珍宝。

我不知道为什么，景德镇的炉火会延续至今，而吉州窑会在一夜之间突然封炉断烧了。有人说，是因为明中期文天祥起兵勤王，作为吉安老乡，跟随这位爱国志士者可谓一呼百应，揭竿而起，说吉州窑工就有三千人之众；也有说是因战火向南漫过，一直漫到永和，使一个繁荣古镇一夜间繁华不再。上百万人的大都市开封和洛阳尚且如此，何况一个永和镇？

我多少有些怀古之幽情，想即使遭历了突然的战祸，却又为何没有在后来得以复兴？又有人说，那是因为吉州窑的大部分工匠转去了其他的窑场，其中就有一部分将自己的工艺技能带去了景德镇。问起景德镇很多的老窑工的祖籍，都会说在永和。我便也有些释然，那或许就是吉州和景德镇合二为一地将中国的陶瓷文明传承至今，并且还将永久地传承下去。就像吉州窑鼎盛时期曾有过两个著名的人物，那是一对父女，人称舒翁、舒娇。或许这不是他们真正的名号，但却有很多的历史记载谈到他们的绘画工艺，那般精美地提高了吉州陶瓷的艺术价值。那么，很多的人一定从他们父女那里学到了很多东西。我有足够的理由相信，一种文化的演进与传承是有着极强的生命力的。

我走下吉州窑址，走出一条条蜿蜒曲折的小路，站在赣江边回望时，我依然感到昂奋。江风振衣，我把目光从吉州古窑顺着江水投向好远……

井冈情歌

在井冈山上采访，随时随地都能见到当年红军的遗迹，那或是一座老屋，或是一片毛竹，或是一盏马灯，或是一条标语。断崖前，山石下，感人的故事处处有，动人的歌声时时闻：

"夜半三更哟盼天明，

寒冬腊月哟盼春风……"

"一送（里格）红军，

（介支个）下了山，

秋雨（里格）绵绵，

（介支个）秋风寒……"

还有那些歌谣：

"天当屋来地当床，

捆扎茅草做衣裳……"

"当兵就要当红军，

红军一心为穷人……"

我不知道别人听到这些歌子的时候，是何样心情，而我是忍不住眼睛要发涩的，我的思绪会随着这歌声和歌谣飞向一个远去的特殊的年代。那是怎样的一个环境，怎样的一群生命。都过去了似乎又没有过去，有为人知的也有不为人知的，有被人理解的也有不被人理解的。

有过雨血腥风，有过雄心烈火，有过气壮山河。然而，也有过小桥流水，有过莺歌百啭吗？

是的，应该都有过。

现在站在我面前的就是一个红军的后代，她的名字叫江满凤。爷爷把一腔热血洒在了这片老土上，爷爷唱的歌子却流传了下来。那不是一首气宇轩昂的浩然之曲，而

是一曲千回百转的温柔之声：

> "红军阿哥你慢慢走哎，
>
> 小心路上就有石头，
>
> 硌住阿哥的脚趾头，
>
> 疼在阿妹的心里头……"

这或许就是那个英武男儿离去时听到的怅怀满腹的离别之言。他用心记下，不，是用生命记下，并传给了新一代的生命。那是友情，是爱情，是饱尝着无数苦辣酸甜的凄苦之情。

不管在何样的环境下，何样的氛围里，男女之间的爱情是生生不息的。文化大革命当中的革命样板戏里、英雄故事中，我们是看不到男女情爱的，那是纯色调的革命英雄主义精神的渲染，从而构成了假大空的框架和模式。

江满凤，亮起她带有野性的脆亮的嗓子，在游人如织的茨坪红军旧居前，向我唱起了这首歌，这首充满着离情别绪的爱情小调，立刻就吸引了不少的脚步声。

我又一次来到井冈山，在五龙潭景区，又一次听到江满凤的演唱，心情仍然是相同的。看着这个朴实的井冈女子、红军的后代，就好像看着当年的山路上一个女子惜惜而别的身影。

红军走了，而井冈山人留下了。他们不光留下了革命的种子，还留下了井冈山人的盼望，井冈山人的情怀。正是有了这种子、盼望与情怀，方有了井冈山的今天。

江满凤是没有见过爷爷的，但是她从父辈的传唱中已经感受了爷爷那一辈的形象。正因为有了这种感怀，江满凤的身上才多了某些大气，某些温软，某些善良，某些纯挚。这首歌是由她首唱而出名的，山外的人来了，只要叫她，她就欣然而去唱给他们听。她还会应约走出大山，大方地对着各种灯光。《井冈山》电视剧开拍，她被邀请作为原唱，超过十万的报酬她拒而不要。汶川地震发生，她捐出了一个月的工资。这个红军的后代，只是一个景区的保洁员，每天与笤帚和垃圾打着交道，却用她的辛劳供养着两个上学的孩子。

我和江满凤照了两次相，照片上的她都是那么自然、淳朴地笑着。那种笑，是井冈山人的，或许也是井冈山阿妹的。

我相信，在远远离去的红军阿哥的心目中，久久留藏的笑，就是这样的笑。

青原山浄居寺

净居寺掩映在一片参天古树之中，规模不大，名气却不小，曾列全国首批开放的四十个重点寺庙。

想那三十多所庙宇，现在一定是香火旺盛，进项高高。而我到净居寺，见到上香的人却极少，清净得就像走入一个真正的佛门净土。环顾四周的殿堂、廊柱，多见损坏与老旧，让人感觉这所名寺竟没有财力进行修复。

寺庙主人似乎看出了我的想法，告诉我说这怕是中国最穷简的庙宇了。其他地方很多的僧侣已经超出了他们所坚守的佛界信仰，不光寺院的收入，个人的收入也是很高了，这里的僧人生活却非常穷苦。寺院里几乎不收门票，即使收，也只收一元，算是个意思。香客少的原因，一是九点以前不接受任何人参观和拜佛，下午四点当准时关门，做佛事是僧人们的第一要事。

我来的时候已近四时，所以院子里才这么清静异常。

从寺庙的一侧去看七祖塔，一个年纪不小的僧人从一间房里出来，不仅衣衫陈旧，还趿着一双破跟的鞋子。陪同的人说，有些僧侣受不了这样的清苦而换离了其他的寺院，但更多的崇拜者又慕名而来。净居寺一代代僧人传承着香火福音，使其钟声千年不绝，终成为青原派系，得到八方尊崇，其海外的信徒均尊青原山为祖庭，远涉千山万水来朝拜的人不计其数。据说历史上青原山就一直享有着较高的地位，早时的七祖行思圆寂后，唐玄宗还"敕赐建宏济禅师归真之塔"。乾隆皇帝下江南，也曾在净居寺下榻。了解了这些，使我越加对净居寺产生了一种神秘感与敬服感。

主人把我介绍给两个新来不久的年轻僧人，他们说，金钱为身外之物，不可以此俗物侵染佛念，净居寺是参禅言佛最让人敬仰的祖庭，所以他们不远千里从五台山而来。

这些僧人们不仅每日勤劳于佛事，洒扫庭院，而且还种有菜地，坚守着"一日不作一日不食"的常规。

他们引我登上高高的大雄宝殿后边的藏书楼，楼上四周摆满了书柜，柜子里满是经书。有些经书带有深厚的哲理与感悟，这些经书便是僧人们长年累月的必读书。

站在七祖塔所在的半山处往下看净居寺，大雄宝殿这个主殿三面环水，水流声淙淙相通，使这个佛界净地更显得明静透彻、涵义深广。

四时已到，看着那些急急地从四面进入佛殿的僧人，让人想这才是不为外物所动不为尘埃所染的佛界圣地。俗言道"书中自有黄金屋，书中自有颜如玉"，这些僧人们在这里读书能读出什么来呢？他们既不需要黄金屋，也不迷恋颜如玉。他们躬勤做事，认真奉读，只求心静如水，精神如烟。看他们住的斋房，清简一床铺，薄整一叠被，橱间的斋饭清汤寡水，怕一般凡人都受不了这等生活环境。按常人说法，人活一世，是要图享福的。这里的福在何处呢？俗界政务，勤奋几年，早晚要升一官半职，

有房有车。即使民生大众，辛勤劳作，也会娶妻养子，快乐一家。

可这里每日晨钟暮鼓，享浴其中的是那份空静。有俗念的不要来，想饱肚囊的不要来，想图热闹的不要来。

木鱼声声响起，我该走了，不便打搅他们。从这里走出，似乎觉得自己的心境也清净了许多，比之他们来，我要显得俗气得多。

从寺中出来，看一道水在寺前流过，水中带着山中落叶、风中杂尘，也带走了一股的喧闹，直让人想起那座山和那个寺的名字，是如此的相携相照，名副其实。

庐陵文化

　　一踏上吉安的土地，便知晓了庐陵文化。

　　庐陵是吉安的古称，就像吉州，它比吉安和吉州都更早。这三个名字赋予这个地方都很好。想不明白何以叫庐陵，但却叫得大气、峻拔，彰显着一种超然豪气。

　　一个州市一般的地方，竟有一个文化的脉系横空出世，足以说明这个地方人文历史有着可圈可点的厚重感。在我所在的中原，囊括一个省及至周边的区域，方形成一个中原文化。可见庐陵文化的独特与独立。

　　久居大而一体的都城之中，就像北京上海人的眼中，总会把别人看成外乡人。唐城宋城的西安和开封，在当时也会有一种倨傲的目光，斜视城郭以外的乡人。那么把眼光再往南看，就觉得那是一片蛮夷之地。既然是蛮夷之地，就必然是没有多少文化，说着听不懂的侉话俚语，穿着衣不蔽体的麻衣长衫，吃着野菜杂谷。这些占据都市的中原人，只有在遭历了战乱之后，才不得不放下架子，舍弃脸面，离乡背井地南向避乱。之所以大批的南逃，也是有着认识上的原因，觉得那里闭塞，交通不便，因而也就会远离战争，寻求一种无奈而可怜的安逸。然而当他们真的走入这些地方的时候，他们会发现自己认识上的极大偏差，因而他们就会心满意足地在这些地方驻扎下来。

史卷中载："中原士民，扶携南渡不知其几千万人。"原本荒僻的庐陵一带就是在这样的北民南迁时达到人口的新高。

历史上共有三次大的南迁，一次是西晋的永嘉之乱，第二次是唐代的安史之乱，第三次是宋代的靖康之难。一个地域的文化或许在这种大迁移大融合中逐渐形成，比如中原人所带来的中原文化同吉安所在的庐陵文化的融合，大批聪明的学子以及他们的后代在庐陵地区得以崭露头角。史实证明，科举考试中中原的进士所占比例甚少，大都出现在了江南的广大地区，按现在的话说，这就是人才流失的结果。在千年科举中，全国共录取进士九万八千名，仅江西就占了一万一千名，这一万一千名中，庐陵一地就近三千名。

三千名进士无论从哪个角度说起，都是可以津津乐道的。当时文化极为发达的苏州，才有一千七百多名，浙江绍兴也不过两千二百多名。庐陵文化研究专家李梦星告诉我，这里常有"一门三进士，五里两状元"的奇谈。而明代建文二年的科考，进士前三名的状元、榜眼、探花全被吉安人拿下，下届的科考前七名也被吉安人囊括，创造了科举史上的神话。可想，这在当时是产生了极为重大的轰动效应的。由于吉安出的进士多，步入政坛的自然也就多，仅宋明两代担任国家副总理一级的宰相就有十六七位，部长级人物更是数以百计。

历数名垂史册的吉安名人，吉安人总是会说出一串名字，比如文坛宗师欧阳修、民族英雄文天祥、诗人杨万里、忠烈名臣胡铨、名相周必大、《永乐大典》主编解缙……由于庐陵的名声远播，所以很多人以庐陵人为荣，像欧阳修，就在他的《醉翁亭记》中称自己是"庐陵欧阳修"。

人说一方水土养一方人，为什么在吉安这块土地上能培养出这么多贤人才子呢？

首先一点是吉安人的尊师重教。常年发生战乱的中原，不可能有一个良好的、长久的、安定的教育环境。那么，来到这山高皇帝远的地方，大量的学馆、书院开办起来，就形成了一个互为影响的氛围。

至今仍然完好的吉安属地的二十多个古村里，我几乎在每个村子里都能看到大小不等的书院和学馆，比如吉州区的钓源村，就有学馆五处，吉水县的谷村竟然有十二座书馆。那么整个吉安有多少呢？二百多所。这个数字占到了江西全省的四分之一以上，可想而知，在每一个学馆里，读书的学子会是多么大的一个队伍。很多的村子对于后学的奖掖，都有一整套的方式。钓源古村有一排旗杆石，一旦有学子高就，就会为他竖起一面旗子在祠堂之前。千余年的时光中，两百多所学馆为国家所贡献的栋梁之才又是一个多么大的数字。我想，这或许就是庐陵文化最坚实的部分。

直到今天，不管是一个国家还是一个地域，尊重教育。多出人才就会影响到这个国家和地域的文明程度。有了知识，就有了一切，在中国的古代，知识代表着政治行为、社会地位、经济的积累，有了知识，也便有了精明的头脑，开拓的视野，即使是经商办企业，也多是文化人的行为。如此来说，吉安地区的这个结果是什么呢？是一个个家族的兴盛，一个个村子的兴盛，一个个会馆、商埠及州县的兴盛。难怪吉安有了规模宏大的陶瓷基地，有了鳞次栉比的商馆旅舍，也有了浩浩集聚的运输船队。

一派文化体系的形成，不是一朝一夕的事情。它是由很多人、很多事件、很多影响一点点构筑起来的。尊师重教，是为庐陵文化的一个重要方面，但并不是它的全部。这里边还有通过一代代知识的传承，一代代先贤的影响，从而积聚而成了一种庐陵人所共有的对社会、对人生的认识。比如忠与义，多少年间，很多的庐陵人以自己的生命和行为诠释了这两个字，而这两个字，我们也能从吉安人的文风中找得到。及至后来，中国最早的革命根据地，之所以能建在井冈山和东固山，也是因了这个地方的人与气。

我走进了青原山上的寺庙。由于文化的发展，吉安属地的寺庙是相当多的。道教与佛教的发展，同儒学的发展一样，表明着一个地方人们的思想境界与生命取向，这确乎是脱离蛮夷的一个正本。更多的人们走入了学馆，走入了佛学道院，这个社会就会变得安定和谐，讲文明，讲礼教。有史料载：上世纪三十年代，仅吉安一个县内，就有寺庵252所，庙宇81座，佛坛16处。

走入一处处这样的古地胜迹，看着一幅幅充满哲思儒性的楹联、牌匾，我在想，"万里风云三尺剑，一庭花草半床书"算不算庐陵文化呢？应该是算的。还有那些上世纪初的新的政府和红军书写的标语，算不算庐陵文化呢？还有，那些长流不息的水，赣江、恩江、禾水，还有那些山：青原山、井冈山、武功山、玉笥山、东固山，

算不算庐陵文化呢？那些斑驳的古城，那些古朴的村落，那些光洁的蜿蜒的石道，还有那些已逾百千年的依然葱茏的古木？那都应该算是。

　　只要行走在吉安的这块土地上，你就会时时处处发现得到、感觉得出庐陵文化就像风一样，时时让你感到震怀入心。你同这里的人交谈，不管是公职人，还是乡间的正在耕作的农人，你都会感觉到庐陵文化的存在。庐陵文化，它已渗透进整个吉安大地，渗透进吉安的山山水水。

　　从这里走去，仿佛也觉得多少都会受到一些庐陵文化的浸染，觉得思想和精神丰沛起来，高昂起来，深重起来。

井冈山抒怀

井冈山

　　井冈山是英雄的山，井冈山是苍莽的山，井冈山是美丽的山，井冈山是神奇的山。

　　这里传说惊涛，这里民歌缠绵，这里山路迷离，这里风光无限。

　　这里是林的海洋，这里是花的故乡。这里翻涌着层层祥云，这里跳荡着叠叠清泉。这里的石是石岩是岩，这里的云是云风是风。这里的男是男女是女，这里的柔是柔刚是刚。

　　这里持旧而传统，这里豪放又浪漫。这里会给你一个又一个故事，会荡响一缕又一缕歌声。这里会叫你有一个又一个想象，会使你得到一个又一个满足。这里让你走了还想来，让你来了不想走。

井冈山，五指峰上体味辽阔，黄洋界下感觉高耸，茅坪屋角眺望彤日松崖，大井一端静观青岚出岫。

井冈山，心中仰视的山；井冈山，激情四射的山。十送红军的乐曲让人一次次落泪，朱德扁担的故事还在小道上徜徉，八角楼的灯光依然闪烁，井冈翠竹的力量还在生长。

井冈山，它是红色的；井冈山，它是绿色的；井冈山，它是感性的；井冈山，它是热情的……

透彻

井冈山的冬天竟也是这么玲珑剔透。风把一切都雕刻得如此完美，水，波澜不兴，树，波澜不惊，还有亭舍。冬天完成了一幅美妙的图景。

井冈山，江南的井冈山，怎么有时也像北方这么具有冬天的酷，不，你比北方又多了一种刚硬中的柔，生冷中的暖。

我会越过你的小桥，看水在冬的下面玩鱼，看雪在冬的上边舞风。

脆裂的声响走过清晨，走过清晨的还有箫的鸣响。晚间会有一两声鸟鸣，伴随鸟鸣的还有埙的五声。

红色黄色的叶花依然从树梢落下，那是送给秋的最后的臆语，或可是捎给春的新的信息。

一个少女，穿一件红色的衣服走过冰冷的北岸。红色似乎是井冈山的特产。红色的少女款款走来，将一身丽影婷婷倒映于湖。红色的少女就像一团火，点燃了我这外乡人的目光。我不知道，冬天的井冈山，还有哪里是最迷人的地方。

久久地站立，等待另一种风，阳光的风，把一切吹透，吹红，吹暖。

大井

  井是我们的一种生活方式，在很长的一段时间内，我们离不开井，在"井"这个字的结构上，我们看到了生活中明晰的构架。它确实是一种赖以生存的方式。

  从井上向下看，会看到润泽，看到根本性的东西，有词叫"饮水思源"。

  从井下往上看，会看到一方天蓝，一孔明亮，看到高远的东西，有词叫"坐井观天"。

  "饮水思源"是铭记与感恩，"坐井观天"最早或是一个极美的意境，后来不知如何成了带有贬义的词语。

  井，在这篇文章中已脱离了文字本身的意义。

  在井冈山这样的山区，较为平坦的地方是很稀少的。井冈山就把大一些的平地称为坪，次之为井，再次为坑、为眼。大井，即是在井这样的称呼中较大的一块地域。

大井，由于一位人物，而声名远播。

后来的人到此饮水思源，他们发现，在这里会胸怀广阔，目光高远，毛泽东坐在大井观天，这个天就是整个世界。

黄洋界

黄洋界上的太阳升起来。

黄洋界上的太阳可以是一点星火，一点就点亮了暗夜阴晚，一点就点燃了苍茫荒原。

黄洋界是黄杨的地界，高高的黄杨树把井冈山垫得更高。黄杨树密密匝匝地把黄洋界长成一派豪情，一派气势。密密匝匝的黄洋树舞动起来，就是一片涛涌的海洋。黄杨的地界，或许就这么叫成了气势恢弘的黄洋界。

黄洋界也是云雾的地界，云雾弥漫的时候，黄洋界也是一片涛涛涌涌的海洋。

黄洋界上好起云雾是因为黄洋界悬崖高悬、峭壁壁立。占有了黄洋界就占有了井冈山的牢固根基。因而黄洋界至今有坚实的炮台，有弹痕散乱的战壕。"黄洋界上炮声隆"，威势震天。

黄洋界，举世闻名的黄洋界，仍是那般高耸、那般神秘、那般峻拔、那般幽美。

黄洋界红红的太阳升起来，它带着红润、带着豪迈、带着绚烂、带着轰响，吸引了全世界的目光。

在水一方

蒹葭苍苍，白露为霜。所谓伊人，在水一方。

在我的感觉里，这是一片水的故乡，一只鸟儿驮着白露叫醒了清晨，一个姣好的女子，在水的一边若隐若现。

这是一个神奇的境界，读着这样的诗句，往往会沉浸在一种神迷之中。

在水一方，成了一个可望而不可及的世界，成了一个至纯至美的世界。而在井冈山，竟然也有这样一个地方，初听说有些疑惑，却是真真切切地见了。

在水一方，总是离不开水的滋养，总是离不开彼岸的盼望。芦花点点，缀上风的裙裾，想望在悄悄地生长。

在水一方，那只是一个概念，在水一方，那是永恒的思想。

渼陂

一个村子竟有这样的气势，富水河畔，十八个渡口逶迤排开，船只聚集着怎样的繁忙。由这些渡口牵引的石板路，会把这种繁忙带入一条条古街老巷、一个个临街而开的店铺和深藏其中的高门大户。

　　这个叫做渼陂的村子，已离开了一个村子的实际意义，而成为影响远近百里千乡的商业大埠。这样想来，同那条水平行的官道上，又会有多少车水马龙的景象在上演。各种各样的货物那是经过富水经过赣江经过长江经过大海交流而来，金银珠宝玉器、柴米油盐酱醋，更多的还有吉安这块地方的陶瓷和茶叶。这是一条水陆两便的茶马古道和丝绸之路，多少年间与钓源、陂下、富田等村落一起构成数百年前赣中地区的繁华。

　　正是有了这种繁华，才同时会有与之对应的文化。文化的积累，文化的求索，文化的交流，文化的拓展，使这些村落成为一个个星光闪烁的文化符号。其间走出的人，也就带有着当时的文化的色彩。那一块块进士及第的匾额，一个个尚书宅院以及

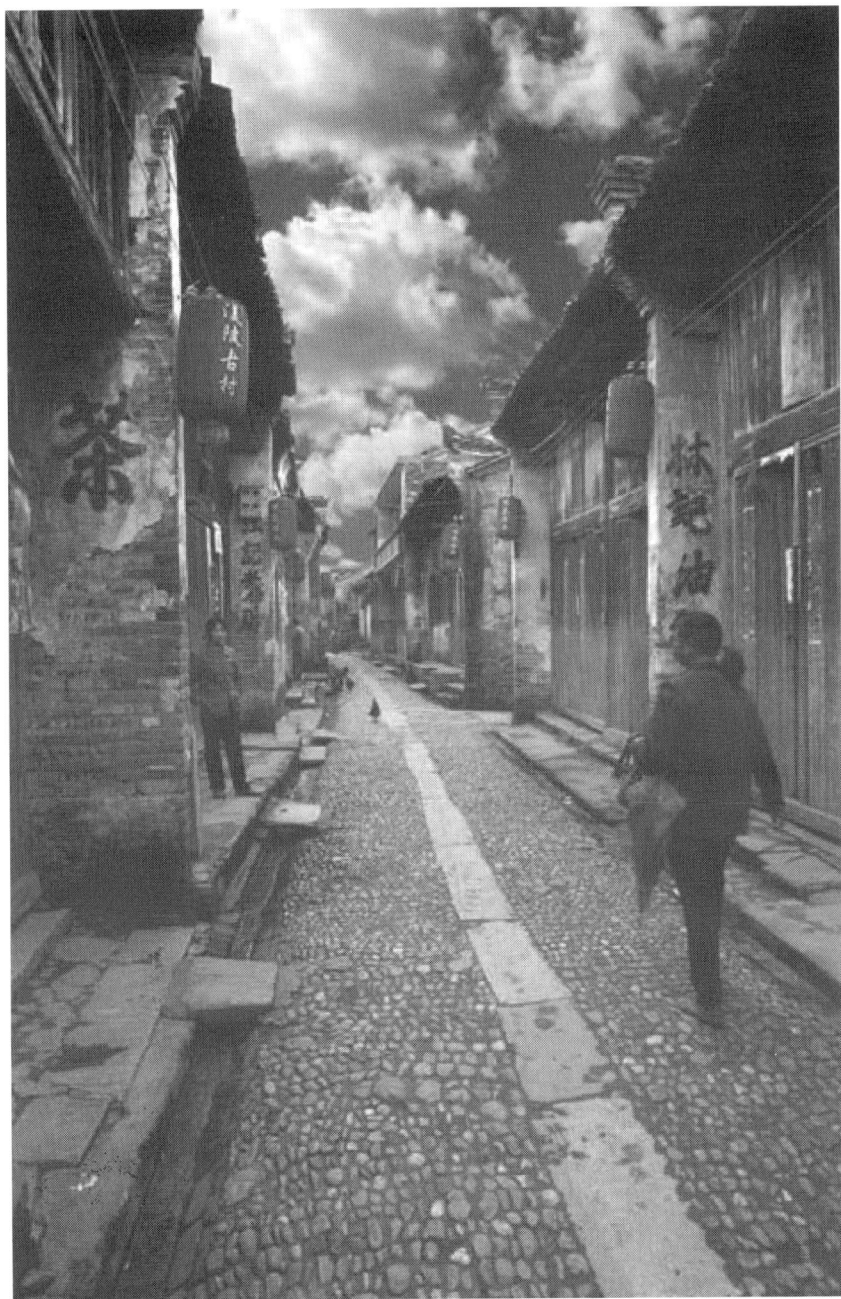

汗牛充栋的史章构成了庐陵文化的灿烂。

"万里风云三尺剑，一庭花草半床书"的对联至今还挂在渼陂的宅院里。它是一种解说，又像一种总结，标明着渼陂提供给历史与现实的意义。

渼陂的意义还在于它提供给我们的建筑、文化乃至风水等等方面的参照。掩映在村中的一个个池塘，不仅构成了整个村子的景观，而且是水的净化系统和利用系统。池塘与池塘间，通过暗修的水道相通，水道又通过了各家的屋子和纵横交错的石板路。叮叮淙淙的水静夜里会伴着人的读书声，伴着人的睡梦循环往复，让人感到一种奇妙的规律的乡间野趣。

一棵棵高拔古旧的大树坚毅地挺立着老去的岁月，一个个高旷的祠堂渗透着渊远的脉象。村后的水还在流淌着，村中的池塘还在清澈着，一切都保留着它的本原状态，只是那种繁华与喧嚣不在了。那些店铺和高门大户里没有了人声，幽深的古井也没有了沉落的木桶。

阳光走过。走过的还有替换阳光的微雨，在我走进时，轻轻引领着，静静诉说着。

渼陂，感觉就像一个永驻的奇妙的盆景，展示在这个充满喧嚣与现代气息的洪流中。当人们在洪流里厌烦了，寻着庐陵文化而来，会在这个盆景前发出惊喜的慨叹，会像我一样没入其中，在一个个门首一块块牌匾一间间老屋一个个池塘前徘徊不去，然后顺着蜿蜒的石径走入村后的渡口，看着那水时间样汩汩流去。

白水秋风吹稻花

—— 欧阳修故乡行

在来永丰之前，我是不知道欧阳修的家乡的。《醉翁亭记》中有句"太守谓谁？庐陵欧阳修也"，而古庐陵也是在来吉安之后我才知晓。欧阳修的墓地在距我所居的城市不远的新郑，那里倒是去过多次，最近一次去，他墓前的大殿正在翻修。新郑是黄帝故里，也是白居易自小生活的地方。欧阳修葬于此，对新郑来说是一种骄傲，对欧阳修来说也是不错的一种归属。欧阳修在不远的开封做官，他像包拯一样做过开封的知府，并且在朝廷里做过枢密副使、参政知事。欧阳修去世后，按照朝廷的规定，大臣的墓葬必须在京城五百里之内，因而，他没有葬回家乡。

车子顺着崎岖的乡路蜿蜒而行。到处是绿树碧草，田野里生长着的水稻已经扬花。一条恩江在路的拐弯处突然出现，那江好辽阔，江水并不湍急，一些沙渚在水流的冲击下这里那里地涌出水面，阳光中泛着白光。

车子终于停住，顺着一段堤坝走下去，远远地见了一处古色古香的建筑，是设在永丰的欧阳修纪念馆。欧阳修的第三十五代嫡裔欧阳勇显得极为热情，引着我们看了馆内的展品后，听说我们还要去欧阳修祖地沙溪，便给他的姐姐打手机，要他姐姐在那里等着我们。欧阳勇告诉我，县里对他姐弟很照顾，姐姐在老家照料着"西阳宫"，他是独子，县里还给他特批了一个生育指标。实际上，无论在永丰还是在沙溪，欧阳修的后裔已经不多，不是远走他乡就是在外地聚集生息，如我前次到过的钓源古村仁派一脉，就是欧阳修后裔的一个分支。

车子在一条乡间路上又行进了好一阵子，时近中午时分方到达沙溪镇。镇上安排用了午餐之后，才穿过一条并不宽大但很热闹的乡间小街，来到了一处高墙的外面。高墙里围着的是一所以"欧阳修"命名的乡镇中学。镇领导领我要看的并不是这个有着多年历史的中学的面貌。走进中学的偏门，看见的就是那个有着"西阳宫"三个字的砖瓦老房子。说是"宫"，其实并不大。欧阳勇的姐姐欧阳水秀这时走了过来。

这是一位极普通的乡间妇女，笑着说她的弟弟已经打来电话，她还专门洒扫了庭院，早早开了门锁等着我们。她说原来这里是一个道观，曾有"文忠公祠"，有"画荻楼"、"读书堂"等好多建筑，后来都毁弃了，只剩了这么几间房子。

世。两年后欧阳修又续娶了妻子杨氏，没想十个月后杨氏又染病身亡。两次丧妻使他痛苦不已。这期间也是他东奔西走的时候，为此更增加了他的痛苦和思念之情，写了不少追思亡妻的诗词。之后不久他又遭贬，这次是湖北夷陵（今湖北宜昌）。为排解孤单与忧烦，又娶了薛氏。回乡葬母的时候，欧阳修深情地将前两个妻子安葬在了父母的坟茔旁。

从随母葬父与回乡葬母，欧阳修一共回过两次家乡，对家乡的认知也只有这么两次。在欧阳修的情感深处，是有着深深的故乡情结的，尤其是母亲死后，他的思乡情意益重。母亲去世时，欧阳修打算把母亲安葬在自己任职的颍州，以便于祭扫，但是想到自己居无定所的生活，加之母亲对父亲和家乡的情感，才将母亲的灵柩送回了家乡。这样一来，祭扫父母与亡妻就成了欧阳修的一个心事。虽然后来他又得到重用，在首都开封长期任职，但他还是不断地向皇上请求，希望能回江西任职。那个时候，在中央做行政长官已经不为重要，重要的是能在余生守着父母与家乡。十年间欧阳修曾经为此事上了七次奏折，都没有得到允许。

我们从欧阳修的诗中可以看出："为爱江西物物佳，作诗尝向北人夸。"欧阳修在归葬母亲时曾经指着凤凰山说过此后也要葬在此地，他是对自己说的，也是对父母说的。然而十九年后，欧阳修病逝颍州，却没能按约回归故乡。

告别欧阳水秀，梦星领着我登上了一座满是红色山石的高岗，梦星说这就是泷冈。泷冈位于凤凰山下，远山近水环抱，翠林荻花相绕，四下里看去，还有一片片墨绿色的茶油林，一看就是一个风水宝地。欧阳修父母的墓就掩映在一片绿色之中，墓柱上的一幅对联很有意味："千表不磨从国范，古坟犹带荻花香"。若欧阳修与夫人薛氏也葬于此，则是一个完美的终结了。

从永丰回来，我又一次来到新郑欧阳修的墓地。我想向他说：我去了先生的家乡，那里仍然是"青林霜日换枫叶，白水秋风吹稻花"的美好景象。

人民币上的龙源口桥

从永新县城出来，窄窄的乡间公路向南蜿蜒而去。直走有四十余里，方到了这个依山傍水的龙源口。我的印象依然是按照县志的记载，汹涌的苍龙江水从苍茫的山间汇流而来，汹涌湍急，深不可测。清道光年间曾在这江上建起一座铁链吊桥，而这吊桥，既窄又危险，常常有过客翻落桥下，遭受没顶之灾。后来，一个吴姓的人义举在吊桥旁建起了一座石拱桥，保留至今。

龙源口大捷，是井冈山革命根据地建立以后取得的一次以少胜多的胜利，也叫七溪岭保卫战。当时的龙源口连接着永新和宁冈，是一条必经之路，在七溪岭的脚下。也就是说，围剿井冈，必过七溪岭，要过七溪岭，必走龙源口。那么龙源口上的这座桥，就更是处在了十分重要的位置。

车子行进的路上，很少有对面来车，说明了这条乡间公路并不是太繁忙。车子到达这里，便发现这桥已无大用处，成为了一个遗迹和重点保护遗址，躬身在岁月里。

再看苍龙江水，蜿蜒如溪流，清澈见底，一群顽鸭在戏啄水中的小鱼。两岸的距离很近，而且几乎没有了堤岸，浅浅的一片碎石和野草衬托着这清浅的流水，让人再想不起这座桥的大用处。

辟了新的通往外界的山路以后，龙源口桥的热闹不再，苍龙江的波涛不再，然而站在远处回望的时候，我竟把那桥和水看成了一面古老的铜镜，它映照出美丽的山水，映照出昨天的历史和一代又一代人永久的记忆。

走进桥旁边的龙口街，还是会感觉到这水、这桥、这路的曾经的喧腾。沿街清一色的清代两层小楼，均木质结构，一溜的排去，颇显气势，进入其中一个个门脸，便见不是当铺就是药店和米仓。不难想出多少年前这里曾是七溪岭内外永新宁冈相交的繁忙热闹的集镇。龙源口桥是这集镇的标志，它古朴的身躯与龙口街交相辉映，构成方圆百十里争相往来的场所，大大小小的旅店也成为进入山里山外的歇脚处。

更是可想而知了，为什么湘赣两省的军队会汇集起来，要走这条道，要跨这座桥，而固守井冈山的红军为什么要在七溪岭设伏，必歼湘赣两省之顽敌。

历史或许就是这样写就的，一座桥，架在一条河的什么地方，真的是要有选择

的。

　　尽管现在这座桥已失去了它的作用，但人们并没有忘记它，新中国建立后，1953年发行的第二版人民币的三元纸币上印的就是龙源口桥。这座桥成为了另一种意义的桥。

　　走过这座石桥，穿过七溪岭，再往上走，就会走到那个著名的亭子——望月亭。那是这条古道上的最高处，当年红军打龙源口大捷时，指挥所就设在这个亭子里，因为它进可攻，退可守，又是狭路的最高处，永新宁冈两地尽收眼底。巧的是，这个亭子也是姓吴的叫吴思远的人挑头兴建的。一座桥，一座亭，记载了一条古道上的一段佳话，也记载了一段难忘的苍茫岁月。

　　还有一个巧就是，这座桥被画在了新中国的人民币上，而这座望月亭被写进了《十送红军》的歌声中。我站在桥上，顺着那条石板铺就的苍茫古道，向对面的七溪岭望去，我很想望到那座望月亭，然而山高林密，遮没了目光。当地的朋友说，走过去还要有一个时辰，因为要赶路，怕是来不及了。望月亭，只能在心里相望了。

遇井冈

在井冈山总会遇到一些新奇的事，这些事惟其新奇，或是对我这个北方人来说的。

红米饭

原来听过一首红军歌曲："红米饭那个南瓜汤罗哎……"

红米饭我一直感到奇怪，因为红米在北方是指高粱的，高粱做出来的米饭总是显出红红的颜色，尤其是红米熬的粥，更是一盆酱红。我就怎么也想不明白，井冈山上会长高粱？那么高的细杆杆，挺着一个沉甸甸的穗子，遇山风还不都刮折了？但这毕竟是一首老歌了，或许歌里的那些食物早离我们远去。

刚来井冈山的晚上，主人就领我进了一家民间饭馆，点的菜都是井冈山的特产，其中就有红米饭、南瓜汤。南瓜汤自不必说，喝起来那般爽口、润胃；而后，递上来一管竹筒，竹筒劈开，现在眼前的竟然是散发着竹香的红红的米饭。这米分明跟大米相似，而颜色与高粱米相似。这就是红米饭吗？

我异常兴奋，吃在口里的感觉，劲劲道道的，十分耐嚼耐品。主人说，吃这么一碗，可以等同普通米的两碗，山里人吃这米，顶饿，来劲，能干重活；只是这种米的产量小，现在生活好了，就很少种，因为口感还是不如黏黏的北方大米好吃。

方竹

竹子，有的颜色黑，有的颜色青，有的是有条纹的花竹，有的像落泪的斑竹，即使外表各异，却都是圆型的。没有想到呢，还有长成方形的竹子。

我在井冈山茨坪毛泽东的故居旁，就见到了一群这样的挺挺拔拔的翠竹。它们一个比着一个方，刀削斧斫般，又像从一个模子里硬挤出来似的。井冈山人一脸认真地

说，其他地方的竹子都长得圆滑，这里的竹子方正刚直，代表着毛泽东的伟人品性。

我真的很少见这样的竹子。我把它记下，并拍照下来，传给更多的朋友们，让他们知道天下之大，无奇不有。

雨

在井冈山住着，你不得不认识它，那就是雨。

雨像个小孩子，也像个女孩子的名字，性情也像。开始你可能不太在意它，但它会逗你：晚上进屋休息的时候，你感觉不到会有雨，第二天出门，满地皆湿，而天却是晴的。像谁在你临起床之前，搅动了一壶巨大的花洒。有时候在餐厅吃饭，进去的时候路面是干的，吃完饭出来，石阶上已是湿湿的一层，好有意思。你就不得不记住这个"雨"字。因为井冈山人告诉你，这真的是井冈山的雨。

你便对这个雨感了兴趣，你觉得它给你带来了清新，带来了浪漫，你不禁咧嘴发笑，那笑是出自内心的，是让你宽慰的，让你润肺的，让你深吸而慢吐的。你要让那雨后的清气在肺里搅动一番，你会感到别样的精气。

有时你正走着，只听见刷刷刷的一阵响，那响是雨打树叶的声音。水滴并不落在你的身上，回头去看，身后的小路却湿了。有时那雨在前面，你正要撑开拿着的伞，到跟前那雨却停了。

可爱的雨。所以在井冈山是不怕下雨的，即使下了雨，也会很快停掉的。有人说，它是在考验你的诚心，你如果上井冈山的心诚，那雨是不会让你失掉兴趣的。

荼

荼这个字实在是有意思，看不准了会看成是茶，而茶和荼的差距是那么的大。

茶给人是清香的，淡雅的。茶林一片，是秀丽一片。荼则不然，荼给人的印象是苍茫的，迷乱的，荼的一片，是霜染的一片，悲壮的一片。

我在井冈山的一个山弯里，就见到了所谓的荼。初开始我没有认出那是什么，因为开始显现的是一枝两枝散淡的，渐渐地，就进入了阵势，一棵一棵的举着白穗子的草样的植物聚在风里，直要把人的视野遮蔽。我猛然间就想到了那个词：如火如荼，自然也就想到了那个连着的形容词：如火如荼的岁月。当年的井冈山，就是在这样的一个岁月中经受着考验。

我觉得大自然真的是很完美，它能给人以绿色的茶的想象，也能给人以白色的荼的比喻。

车子开去了，远远地回望，荼依然在夕阳中飘荡着，视觉的迷离中，那片山谷似乎猛然间燃烧起来。

黄墙灰瓦

在井冈山经常能看到黄墙灰瓦的建筑，那必然是老建筑了。

不知道为什么老建筑会涂成这种颜色，比如那些红军旧居、苏维埃旧址什么的。黄色的墙构成了一种强烈的反差效果，而黄色原本是一种宫廷色彩，是富贵色，也是宗教色。

难道这三种意思都融在了这些老房子中吗？它真的是让我走近时有种崇敬感，有种距离感，有种朝拜感。

这种色彩点染在井冈山的坪的地方，井的地方。站在高处看，那就像灿然的黄花，开放着井冈山的历史，井冈山的精华与精神。

拿山河

《十送红军》的歌声里有一句是："三送（里格）红军，（介支个）到拿山"。拿山，是通连着井冈山的另一座山。我不知道为什么叫"拿山"，谁能拿得动它，还是它想拿得动谁？要单看一个拿字，倒也像个山形。

一般来说，名字都是由很老很老的人起的，也许那个老人就是古人，不知道他们为什么会起了这个名字。慢慢叫着的时候就觉得它好听起来。

从拿山上流下来的山泉汇成了一条河，这条河就叫拿山河。如果不知道拿山的名字，先听到拿山河，就觉得这河有多大力似的。现在这条河整个袒露在斜阳夕照中。

河水泛出了暖暖的一层金色，水里有水牛在悠闲自在，还有河鸭在漂移着晚归的身躯。河上架了桥，是那种很古朴的石板桥，荷锄的人在桥上过，就将影子斜斜地映在桥下的水中。人走影子也走，而桥的影子不动。我在桥上架了一只相机，我的影子

也映进了水里。

我不知道我走了以后，这条河会不会记住我，拿山河可是很有名的河呀。不管它记不记住我，我是要记住它了。临走的时候，我还刻意地采摘了河边的一朵艳红艳红的小花。河边这种花那个多，开得淋漓尽致的，好像不这样开放，就对不住这一河水似的。我掐了这么一朵花，就是要给拿山河再有一个印象：我拿不走山，却是可以拿走一支花的。

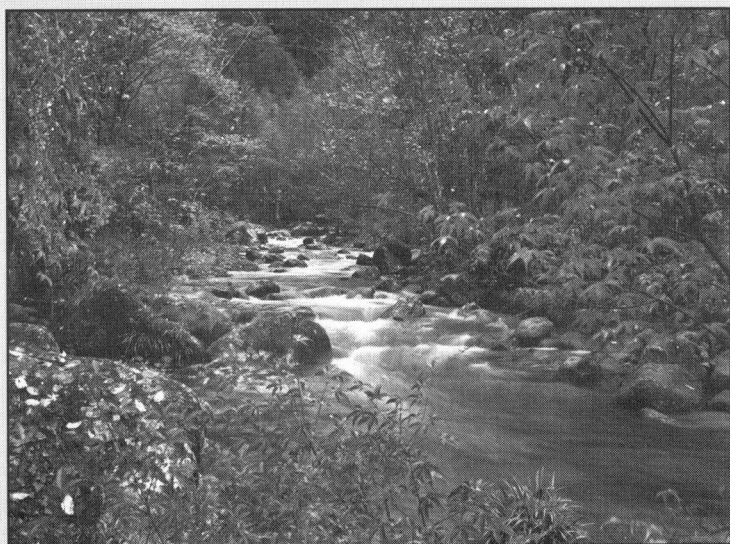

遂川白水仙

到遂川不去看白水仙，等于没到遂川。所以，一到遂川，遂川人便领着我直奔白水仙而去。原来听他们说白水仙，我并没有以为是个山名，"水仙"二字极容易让人想成那个凌波仙子的绝妙盆景，前边加了一个"白"，或许是山里的一个大盆景，或许是一片水的名字。

　　水倒是真的，却没想车子一路蜿蜒，或登临或攀越，山脚下停住，说一声"到了"，面前却是耸立着青山一座。把头仰去，耳畔传来远远近近的水的声响，始觉出这白水仙必就是这山间奇景了。

　　车子半路停下时，上来当地镇政府的一个女子小李，小李在前边引路，一行人跟在其后。这几年由于经常爬山，景色见了无限，加之害怕腿脚受累，遇山便总是兴致锐减。踯躅间，小李已走去好远。伴着水声一声唤："不需多走多少路径就能让你感到不虚此行。"

　　便自长了精神，沿着一级级山石攀援上去，那石阶不同于其他名山大川，多赖于自然之状。山石或圆或扁，或窄或宽，一个个脚窝踩出了一条上山的路线。有时两石夹

道，需侧身而过，不知胖人到此怎么办；有时古木拦路，得横跨其上，攀援而过，胆小之人见此或举步不前。

当小李再唤时，那声音竟有了几重回音，远远的跌落下去，像一瀑山泉渐消渐远。这时再抬头，分明就感到自己已站在了一个数百米长的山槽峡谷之中。而白水仙的第一道山泉就从峡谷的半腰翼然而出，像谁猛然打开了一重水闸，一级山石遮挡不住，那水还是狂泻，直形成二级、三级的冲跌。水石相激，发出痛快淋漓的声响。躲在一旁，惊心而望，这道瀑布似婀娜多姿的仙女，就真觉得像了这道仙女瀑布的名字，白衣飘展，长发倏扬。此时小李已站在瀑布的右侧，让我突生异念，随手拍下了一幅得意之作。

此时便觉了白水仙的奇妙，兴致斗涨，又随小李去看第二道瀑布、第三道瀑布。此时的峡谷间便与水声相伴了，那声响或悠远缠绵，或轰然如雷，缠绵时能听见涧中的鸟鸣，轰然时则震耳欲聋，互相的喊话也别想听见。水把一谷山石随意拨弄、造型，那石或被推涌成一片繁乱状，水的力量让石头尽相展现。

在仙女瀑的脚下，怎么就显现出一个浴盆样的景观？泉水从顶上泻入，在这浴盆间旋转翻卷，晶莹的水花复又从盆沿飞逸而出。小李看我呆望，说：这就是当地有名的仙女浴盆。很早就有一个传说，说有三姐妹常在此处沐浴戏耍，从而引来七仙女从天而降，也在盆中沐浴。由于有了这个传说，当地人以为这便是上天赐给的神水仙盆，也就常有当地的女子入盆而浴，以祛病保颜。

远看那盆边的路径，实为险峻，难道真有人有此雅兴？想当代追捧的人体艺术照选此，倒不失为一处佳景。即使是偷拍了当地女子，也当是一幅绝佳照片。我这只是俗人之想，而就在仙女浴盆旁边的山峰上，还有着一个棋盘石。石面白如汉玉，正有两个盘腿而坐的仙人在棋盘的两边凝神沉思，对弈正酣。即便是仙女浴盆里的仙女舒展，他们也似浑然不觉。

白水仙这处景地真的是都与"仙"字绞合在了一起，感染其中，自身也觉得飘飘欲仙。玩水赏诗品觉感触，不大的景区，真如一处盆景，展现着遂川的精华，凝练成山水奇观。

　　回转的时候，随水而落，每一步都叮咚有声，每一转都潺潺带响。而上山时来不及细看的野花野草，也都灿然出五颜六色的灵光。深吸的每一口都感到那么舒卷，再呼出去时，就也觉得是随这山岚雾漳而成一口仙气了。

时穷节乃见，一一垂丹青

秋雨连绵的十月，我在吉安的大地上穿行，这雨下了好多天，带着些微的寒意。如在北方，一些树叶子随着淅沥的雨声会残落一地，但这里，那些树却越显得郁郁葱葱。雨水把一条乡间的小路早早打湿，路两旁的红土有些被溅到了路上，使那条路远远望去，也便红红染染的。

我们去的是一个叫富田的镇子。在车上我就想着这个名字，它一定是带有着某种寓示，是富裕的田园吗？到了近前，车子跃上了一道古桥，黎生指给我看桥下的水，那水清清婉婉，发出深蓝的幽光。一些雨落在水中，溅起点点涟漪，有鸟在水上飞，像是喜鹊。

黎生说，这条水叫富水。我又想到富田的名字，或许是来自于这条水。

镇子其中一个是文家村。村子着实显得十分老旧了，青石铺就的小路引着我们到达一个个衰落颓朽的房前，房屋上还有着各个年代留下的标语口号，其中红军标语随处可见。可见当时闹革命的时候，这里曾经是红色根据地。这些房屋早已有几百年的历史了，很多的房屋再没有了人迹。

有时正愣着，一个破旧的屋门开启，会走出一个白发老者，打望一下来人，门就又合了起来。一两条不知谁家的狗从哪个巷弄窜出，并不吠叫，木木地看我们一眼，又消失在哪个过道中。

当地的干部说，很多的年轻人在外边闯荡，有些老人也被孩子们接走了，剩下的是一些恋旧、恋祖的，再不愿意离去。那些老房子随时都会有一两处落下一片瓦或塌下一根檩。

就是这样一个一个的老屋，组合成一个文天祥的故土。不大的文家祠堂，在节日的时候，还会聚集起一些说道、一些感叹和一些欢笑。

据说，当年文天祥聚义勤兵，在自己的家乡招募了数千青年壮勇，这些人同文天祥一样满怀一腔豪情正气，血洒疆场，没有再回来。文家村从此人气不旺，由一个大村落渐渐衰微。

越过中间的那条村落，我去看过相邻的另一个祠堂，那比文家祠堂超大不知多少倍的豪迈气概，让我禁不住感慨万分。

迎着淋漓细雨，车子依然顺着那条乡道蜿蜒而去，渐渐地，就看见一个红石牌坊，停下车子再往上走，攀上高高的绿草相拥的台阶，站立在一代英烈的墓前。"志可凌云文能载道，生当报国死不低头"，一幅墓联道尽了墓主的亮节高风。传文天祥被捕后，欲绝食自尽，元军押解文天祥北上，船只路过赣江，文天祥计算至家乡的吉州，自己的生命即可完结。绝食后的文天祥曾经在船中悲号：丹心不改君臣谊，清泪难忘父母邦。文天祥对家乡的感情同对祖国的感情一样，而家乡人民对文天祥的爱也是如此。他们以文天祥为荣，为自豪。

家乡人拥在赣江两岸，他们也不希望文天祥北上，想要留住文天祥的家乡气节。也有人说，当时还有喊着叫文天祥赴死舍生的，然而那些天赣江水风急浪大，船行速度飞快，文天祥没有遂愿死在家乡的岸边。

文天祥被押至燕京后，义士张千载仰慕文天祥的气节，两年多坚持去狱中送饭。文天祥被害后，张千载冒死收拾了文天祥的头发、指甲等遗物，背负南下，才有了现在的这个墓葬。文天祥的遗体是由江南十义士安葬了北京小南门外。肉体的入土并不重要，不朽的精神万古传扬。

文天祥被囚的三年中，元世祖忽必烈亲自劝降，许诺他为元朝的丞相。宋朝降元的小皇帝和那些内阁大臣也来劝说，均遭斥责。他的弟弟来劝，同样遭到责骂。

"人生自古谁无死，留取丹心照汗青。"文天祥把苟且的生斥如粪土，把浩然正气升华为一个高拔的境界。

"如今宋皇都投降了，你作为忠臣，就要依照君主旨意，归附我朝。"

"圣人言：社稷为重君为轻，君不以国家社稷为重，如此之君我为何还要忠于他，君降臣不降！"

文天祥曾在一度被捕后逃脱过一次，逃脱了就重举义旗，他的义就是国家社稷。这同岳飞的忠、关羽的忠不同，他把人生价值与社稷安危紧紧系在一起。

文天祥的忠义、正气更值得尊崇和发扬，这也是人们对文天祥精神与人格的认可和尊崇。多少年来，海内外的文氏后裔总是不断来到文天祥的家乡，祭拜这位忠臣孝子。以身徇道不苟生，道在光明照千古。它说明了一种指向，一条脉系。这或许也是中华民族的精神所在。

文天祥一生只生二子，长子在文天祥南下抗战的征途中病死，幼子在文天祥重举义旗抗元的永丰战斗中死去。那么，后裔一是指文天祥的弟弟的儿子，过继给文天祥后所传，更多的是跟随文天祥的将士，为怀念文天祥纷纷把姓改为姓文，还有文天祥同族的后代，也称自己是文天祥的直系后裔。这同样构成了一种义举。

想到文天祥《正气歌》中有句："皇路当清夷，含和吐明庭。时穷节乃见，一一垂丹青。"

　　雨更大了起来，山峦变得一片迷蒙，有云在飞掠。回头望时，那白色的云气全然笼罩在了墓地的上方。文天祥，比起那些卑躬屈膝的灵魂，你一定是安详的。

永新女子好颜色

穿行于永新的大街小巷，一些水灵的女子随时会突现眼前，她们或挑担，或摆摊，或随意地走。

贺小林就说了，我就是永新人，这里早就有一个说法，叫"永新女子好颜色"。不知是源于这里的山水还是什么，说着他又指给我一个对面走来的女孩子。这女子只是穿着极普通的当地服装，挽着头发，却显出别样的与众不同。在她走过去的刹那，我突然想到一个名字：贺子珍。贺子珍不就是永新女子吗？

当年这个十八岁的泼辣俊秀的女孩在传闻中是挥舞双枪的侠女，首次与毛泽东相见时，不也使一个伟人眼前一亮吗？永新女子最终走入了毛泽东这个井冈统帅的生活，并随同他出生入死，走过两万五千里长征，十年相伴同甘苦，挥写出一曲曲折动人的爱情乐章。

还有贺子珍的妹妹贺怡，我见过她的照片，那也是个俊秀的女子。战争期间她像姐姐和哥哥一样投身于战火纷飞的战场。解放后，曾任吉安地委组织部长。姐姐长征时曾把孩子托付给了贺怡，战乱中孩子又在贺怡的身边失散了。为此贺怡一心想为姐姐找到失散的骨肉。当听到一个信息，便坐车前去认领，竟由于下雨路滑，车子失事而失去了年轻的生命。还有贺子珍贺怡的小妹，那个不屈的女孩子也像姐姐一样美丽，就是因为她是贺家的女子，敌人残忍地挖去了她的双眼，使这个还未成年的女孩子过早夭折。

在贺子珍纪念馆，给我动情讲解的那个解说员，闪着一双聪丽有神的眼睛，把永新女子的好尽情地讲说出来。还有另一个纪念馆的女子，同样俊秀动人，她们是永新的代表，传扬着永新的美丽。小林说：怎么样，我没有说错吧？

在永新，你还能听说三女跳崖的故事。北方有狼牙山五壮士，南方有南华山之女英。她们有名有姓，人称为军中之花，一个叫李明，一个叫盛芳，一个叫刘彩莲。三个名字，俊秀又闪亮，显现着她们的伶俐与颜色。在一次与数千敌军的战斗中，三个女战士为了抢救一名伤员延误了转移的时间，被敌人发现，她们在密林中与敌人周旋。为了不牵连战友，她们朝部队相反的方向撤离。经过一天的奔波和苦战，三个女战士打光了子弹，盛芳的手臂受了伤。敌人一看是三个漂亮的女孩，又没有了子弹，疯狂地向他们扑来。在最后的时刻，三个女孩做出了一个悲壮的决定：从山崖上跳下去。她们高喊着口号，纵身而跃。在那傍晚的时光像三只美丽的天鸟，融入了一片霞光之中。三个女孩年龄都不大，最小的盛芳才十七岁。

吃饭的时光，大家七嘴八舌地说起永新女子，众口一词地又说出了一个名字，那个名字也实在是好：许和子。许和子和一个著名的人物可以扯在一起，这个人工音律，善器乐，赏识天下之才，善举梨园弟子，他就是大唐盛世第一人唐玄宗。许和子能够出现在大唐宫廷之上，是由于永新县令推举了作为乐师的她父亲入京。出身音乐名门的许和子凭着自己的天赋和乐师的指导，从小就显露出别样才华，很快成为宫廷中的优秀歌手。那时的人们说起许和子，几乎无人不晓。而为许和子伴奏的也只能是号称天下第一的笛手。

小林说，历史是有记载的，说天宝十四载，杨贵妃三十八岁生日，朝廷大庆，勤政楼前面的广场挤满了成千上万的百姓。戏开演了，声音却没能使观众安静下来。在高力士的建议下，许和子走上了勤政楼，她一开口便如鸟鸣于寂林，泉响于幽涧，广场立时变得鸦雀无声，只有悠扬婉转、清脆明亮的许和子的歌声在萦绕，在跳荡，在飞扬。一曲完了好久，才有一阵山呼海啸般的掌声和欢呼声，这种情景同样感染了唐玄宗和杨贵妃。这或许是"渔阳鼙鼓动地来"之前的大唐最后一次美妙的回忆了，这个记忆竟也因由着一个永新女子。

永新女子好颜色，倒真的不止是说形象好，还有她们的心灵，她们的才华，她们的性情，她们的品格。一代一代的永新女子就是这样像永新俊秀的山水，把这种好颜色传留下来，发扬而去。

正想着的时候，一群小学生放学了，年轻漂亮的老师引导着孩子们过马路。阳光斜照着她们秀颀的身影，也映照着那群孩子。

从队中的那几个小女孩的脸上，我又看到了新一代的永新的影子。

玉笥山

传说汉武帝到过这里，并且钦赐了这山的名字；也传说关羽到过这里，后人在山口处建了一座关帝庙。武帝在这里登临览胜，舒锐气祥风；关帝在这里平妖镇邪，保一方平安。多少年来，玉笥山洋溢着浓郁的文化气息，流传着丰富多彩的民间故事。

以前听说过玉笥山，但不知道玉笥是哪两个字。"玉笥"的名字很独特，"笥"在古代是一种竹编的器皿，用来装衣服或者其他杂物。把竹编的变成了玉造的像一个器皿一样的山，就让人想了这山中是多奇秀之物的。

也就有传说说这山上产五彩之石，很早还有人挖掘过，所以玉笥山绝不是空得其名。

江西的山同江南的山有着共同的特点，都是峰峦奇秀，林木幽深。峡江的玉笥山是这特点中的特点，风光更加旖旎，山石更感嶙峋。朱熹就有诗："出洞风寒疑有虎，藏身夜半忽成龙。"玉笥山有各种各样的曲折幽深的山洞，有永不枯竭的三十六涧，有竞秀争胜的三十二峰，着实是道徒们修炼的洞天福地。因而自汉以来，便成为历代方士隐居之所，道家仙客修真之地。

我想，既然要选择一个修炼的称心之所，道徒们必然要遍寻天下名山秀水，玉笥山的奇异与幽深定是他们在普天之下认定的不可多得的风水宝地。因而便有了历代道徒们争相而往的记载，鼎盛时有道士500多人，还有不少僧尼，其中不乏名士。仅从秦朝到唐朝之间就有孔丘明、梅子真、肖子云、罗子房等。有史记载，玉笥山在元代就已同庐山齐名，为天下绝境。

我来到玉笥山，正是夏秋时节。

暑热将尽，秋风微凉，一到这山脚下，暑气全无，清气满怀。还没进山门，泉水淙淙，已在道的两旁流响。不知名的什么草，张扬着白穗子，浓浓烈烈地铺展开好大一片，飘摇成一派道家仙风。随后便是苍松翠柏，缭绕于山门四周。红墙灰瓦的山庙，巍峨突兀，屹然于山腰间，拾级而上，回头四顾，便见这里那里香烟缭缭，雾霭绵绵。有木鱼和诵经声自那里囊囊而响，猛然而出的钟声将整座山都震荡摇响。

天还未黑，半弯新月已挂在了天上，有薄雾蒙其上，恍然一幅古画，临摹于峡江

之畔；而这边，苍阳斜落，在山崖口砸出一片红黄。一群叫不上名字的鸟儿猛然飞起又落下，落下，又飞起。

左顾右盼的当口，见远远一山间小径，一个道长斜挎灰色布袋持杖而行，口中似喃喃自语。

小道上再无人迹，不知道道长从何处来，向何处去。

许多少年间，在这样的山道上，走过一代一代这样的道人，他们同这山融在了一起，随着夜的临近，也将同这山化在了一起。

多少年间，或可有胸怀大志而无可发之人，心遇烦事而无可舒之人，看破红尘而无所遁之人，来这玉笋山，迎明月，送夕阳，看江水涛涌，听山风鼓荡，心与一座山齐，身随一座山往。

等我登临最高处的时候下望，我已看不见尘世间忙碌的凡人，只感觉白天与黑夜的时光暗暗重合，天地浑然一体，心中便也无限苍远空寥起来。玉笥山，它也真个是一个能够储满任何东西的一方之物了。

井冈女儿曾志

在井冈山革命历史博物馆里，我看到一张放大了的照片，那是一个洋学生的形象：一个漂亮的留着一头波浪长发的女子，穿着一件时髦的苏联式的女装，领子和袖口上缝有四条白道道，尤其是那双眼睛，透着灵气与精明，也透着女性特有的温婉与羞涩。

这就是曾志。

这一定是在一个城市的名照相馆里留下的，看着这张照片，你很难将她同井冈山恶劣环境中的那个曾志联想在一起。一个读了十几年书有着烂漫青春的富有诸多梦想的女学生，如何会毅然投笔从戎，追随红军上了井冈山呢？这个问题也许很多人问过，只是我没见着答案罢了。

年轻漂亮的曾志作为一个女孩子，她应该是有着幸福追求的。她嫁的第一个男人不久即献身于革命，第二个男人又一次被敌人杀害。在井冈山时期，她跟的是第三个男人，红军撤离井冈的时候，她和这个男人共同生的孩子还在襁褓之中，没有办法带走，只好将其托孤在井冈山的一户人家里。

曾志曾是小井红军医院的党总支书记，红军医院曾经遭受过一次灭顶之灾，150个伤病员被围剿的敌人杀害，幸而曾志当时不在医院。为此曾志是心有感慨的，曾志在死后又将自己的一部分骨灰埋在了这小井医院的旁边。她要守着井冈，守着小井，守着那些死去的不屈的灵魂。

曾志在解放以后找到了这个托孤在井冈山的孩子，此时他已经变成了一个地地道道的井冈山人。井冈山的农民爸爸妈妈没有显出自私的一面，他们要求曾志带走这个孩子，但是曾志对这个孩子说：是井冈山人民把你养大了，你就还留在这里吧。

　　我们不知道，但是可以想象，作为一个女人，从她的一次次的恋爱，一次次的结婚，又一次次的分离，隐忍了多少苦痛，里边有多少对亲人的依恋之情，思念之情，而后是对孩子的割舍之情，想念之情。

　　闹了一辈子革命的曾志，尽管在解放后进了北京，当上了妇女界的领导，也算功成名就了，但是她的心似乎还是原本那个少女纯洁的、无私的、善良的、向上的心。她病重的时候，感觉自己又要回去了，回到来的路上最初的那个起点。因而她无所顾忌。

　　她一遍遍地嘱咐家人对于她的死不要开追悼会，不要给组织上添麻烦，不要留下骨灰在八宝山，要把自己的身体交给医学，只要科学上用得着的尽管拿去，要把自己的眼角膜捐献出来给那些失明的人，要把所有的钱物作为党费捐献给国家。

　　孩子们遵照她的遗嘱办了，孩子们觉得这是对妈妈的最好的回报。孩子们刻了一块不大的石碑，那是一块井冈山的石头，孩子们把这块石头安放在了井冈山小井旁的一片竹林里。

　　我第一次来的时候就找过曾志安眠的地方，但是没有找到。第二次来井冈山的人带着我又一次到小井附近的山坡寻找，他竟然也带错了路。他说即使在井冈山也只是听说过，并不知道具体方位，因为没有什么明显的标示。踏着落日的余晖，我终于找到了一个所在，这片地方实在是太小了，不能说是一个墓，凸起的就是那个不大的石头，不在意的人，会从它的跟前走过而不知晓，因为那石头上的字也是不大清晰。

　　曾志实在是不想打搅谁。

　　那个微笑的、美丽的少女，只想默默地守着她为之奋斗、为之痛苦、为之感奋的井冈，守着那些早她而去的魂灵。

　　那块石头上是浅红的四个字：魂归井冈。

塘边的塘边

太阳从西边照射过来，我们逆着光行，有时会看不到前面的景象，只有长短不一的光线闪着辉煌。要去的地方还在远处，画家郭健生说的地名我没大听清楚，到处是水田，路将田网织在一起。下田的牛忙完了一天，正从这些网中穿行，车子走走停停，自然的乡野间，显得有些不自在。

水塘多起来，阳光在塘中变成了另一种颜色。

渐渐看见了村子，一块大石上刻着村子的名字——塘边。才明白健生说的村名，健生说几年前就来过，并且为塘边列入历史文化名村尽过力。但刚才在路上，他也是恍惚了半天，搞不懂为什么塘边这次藏得这么深。塘边真的是名副其实，水塘的边上一层层粉墙黛瓦，名字好听，房子也漂亮，一个村子竟然有上百间老屋，真个是楹联上写的"池林户外观鱼变，柏绕堤前引凤飞"的景象。

三百多户人家都姓刘，初始一个刘姓建村于晚唐，时间走了一千年，走成了如今的规模。刘姓人很早就勤敏上进，有读书考成进士的，有生意成了大款的，回家就盖起了大屋，一个一个的大屋环着水塘连成一片，有哥哥建起了八栋屋，弟弟就建起了大夫第。最大的院落名字叫"文明"坊，大院的教化必也离不开这个中华文化中最核心的词。斑驳于大屋上的词，初看见依然有一种久违的亲切感，那是因为我们听到了从一个偏僻小村发出的声音，这声音自明清以来一直萦萦不断，即使在十年动乱中也没有轰然倒下。"文峰耸翠文人起，明镜呈辉明德馨"的对联似乎成了塘边刘姓家族的一种精神。

进到院门可以看到里面是一个别样世界，数十条窄窄的通道通连了二十四幢居所，两道大门只要关闭，就算是进到大院的通道，也依然不好进入一座座高门大屋里去，而一旦有事，在大门里面却是一呼即引得前后各屋响应。可见塘边的老屋在最初建造的时候，就有一种防范心理，刘姓人太知道盛世太平的愿望不是一个村子能够左右的。据说史上发生过百余强盗黄夜进入塘边打劫，塘边人遭受了巨大灾难，长者"二老爷"死前立下遗言，有报此仇者，分家产一半。后有好汉李台山响应破贼，子孙兑现诺言，仅金银就分了一千三百余斤。所以塘边才会出现如此别致的建筑。老屋高高的檐壁上依然可见雕画的图形，祠堂墙上的涂抹留下时代的印迹，让人见了诸多感慨。

大屋一直作为祖传家业传续，有的遵循祖训使得家业兴旺，有的半路歧途赌毒并兼，失去了家产，遇土地革命，大户富家受到冲击，穷家败落的又分得了老屋。一座大院分给很多户人家，在一个时期也算热闹，谁都晓得谁家的事情，大院里不再是一个秘密，小男小女串门走巷显出方便，喜事随之多起来。

三十年代，郭沫若的脚步滑进了塘边，不知道是从安福过来顺道走走，还是拜望什么人，那时候的塘边应该比现在更像回事，但是这个善于留下文字的人物却只给塘

171

边留下了飘然而去的身影，未免让塘边的后世人感到遗憾。很少能见到年轻人，偶有奶着孩子的少妇与老年人一同伴着一塘清水，年轻人大部分都出去了，村子明显显出

了空寂，以前繁闹的景象只能在想象中跳跃。几个孩子在大门前的空场上玩绳子，退回去多少年，他们的童年或许更纷繁多彩，什么场景都会浓缩在这个远离闹市的村子里。

村长引我上到一家三楼的楼顶，蓑衣一般的瓦，一片片地覆盖着塘边，瓦的下面多是无人了，后代人住到了新盖的屋子里，大量的修缮费用不及新起一座亮屋，随着喜欢老屋的老辈人的减少，越来越多的瓦屋空落出来，让寂寞的时光继续剩下的岁月。瓦顶旁伸出高大的樟树，叶子蓬茸着却没有凋落的迹象。边上的水塘，夕阳里泛着一层红光。

村长有些着急地说着一些我不大懂的话，他是说给县上和乡里来的人的，意思是怎么把塘边宣传出去，引来更多的参观者，而江西的古村太多了，很多的村子都是这种现状，村里只能拿出少量的钱来维护不断老去的房屋，但维护的力量有时斗不过老去的力量。我进到过一个大屋，一些雕梁画栋坍塌下来，幸福的蜘蛛在上面结网。

夕阳最终落入了塘边村的后面。车子亮起车灯，光柱只是打亮了前面的一条窄窄的路面，两边的田野空阔无边，似乎有氤氲的气息将一些光吞没了去，车子不敢开得太快，回头看塘边，黑成一片了，那是樟树和瓦的作用，里面的生活极快地进入了神秘之中。

《井冈山》实景演出观感

一

山是大背景，山下有水，水边有林，林间有茅屋。

天好黑，乌云在翻卷。像有暴雨要倾泻。

果然就起了雷声，风雨自山中斜出。

井冈山实景演出开始的一幕，逼真的景象，让人深入。同白天所见的井冈山完全不同。

百姓们自茅屋而出，风雨中奔走，烟云间相告。

种子在传播，烈烈红旗，两支队伍的汇合，拉开井冈山根据地的序幕。

演出展示着一个历史的井冈山。

上千名井冈山地区百姓参演的大型演出阵容，成为一个时段热议的话题。

我曾经两次观看过这个演出，正好都是在秋季，秋收起义部队上山的时节。

随着枪声和炮声，走上井冈山的这支队伍，成了黎明前东方中国的曙光。

声光雷电的应用，月亮星星的布景，音乐音响的烘托，再现了井冈山时期的真实，包括黎明前的黑暗、恐怖的血腥屠杀、奋起的起义与镇压、黄洋界的炮声、八角楼的灯光直到军民难舍难分的鱼水深情。

场景恢弘，震撼人心。

二

你看，山林间走来一支绵延不断的红军队伍，高高举起的火把，蟠龙一般由远而近，由近到远。

萤火虫四处翻飞，一些就飞入了场景中。

当剧中有了"抬头望见北斗星"的歌声的时候，人们禁不住向夜空望去，真就发现北斗七星烁烁地挂在天上。

最感人处，是送别红军的一景。《十送红军》的乐曲悠扬而婉转，场景中突出了一个"送"，送是一种无奈，是一种割舍，是一种企盼。

老子送儿子，儿子送老子，妻子送丈夫，各个镜头汇聚，更有红军妈妈把襁褓中的孩子托付给当地的百姓，难舍难分，让人动容。

那些牵牛的、背篓的、挥镰的普通演员，都令人有一种身临其境的感受。

背景中的大山，或许就是拿山，山下的水，可就是拿山河？顺着这条河，攀过这座山，就到达了井冈山以外的地界。

三送（里格）红军，

（介支个）到拿山，

山上（里格）包谷，

（介支个）金灿灿，

包谷种子（介支个）红军种，

包谷棒棒，咱们穷人掰，

紧紧拉住红军手，红军啊，

洒下的种子，

（介支个）红了天。

红军的队伍续续不断，人们站在小路上，站在茅屋旁，站在石桥上，手挥了又招，泪挥了又抹。

他们或许不是在送别哪个人，为哪一个人抹泪，他们是在为一支队伍、一个希望。

三

井冈山民众把一颗如此质朴、挚爱的心献给了这支队伍，他们甚至把自己的后代和生命献给了为之翘首的革命。

离开座位出来，演员们已经列队在两侧，一直排到很远的路上。他们还是穿着演出的服装，有百姓的，更多的是灰白破旧的红军军装。这是真正的群众演员，有的是年轻的孩童，有的鬓发已经染霜。他们有的背着步枪，有的拿着长铳，有的牵着马，着实像一群当年的队伍和送别的乡亲。他们的眼里露着真诚，微笑着站在路旁，仿佛离去的就是他们的亲人。

当观众登上车子离去，那支队伍才会散开，或三三两两步行，或骑着自行车摩托车回归他们的村子。

也许他们的祖辈，曾真正是当年的红军和进步的百姓，他们的血液中流着对那支队伍的信赖与寄望，因而他们演起来才那么认真、动情和逼真。白天他们下田拢地，插秧打苗，天黑他们自觉地聚到这里，成了他们的一种习惯和职业，渐渐地他们融汇其中，会更深爱这片土地，这个山冈。所以从他们送行的笑脸和眼神上，能看出他们的自豪、自信。

四

穿过寒风中乡亲组成的送别队列的时候，让人有一种莫名的情感涌上心头，该怎样对得起昨天的这个故事和那些音容杳然的乡亲，该怎样让那面在场中不停挥动的旗帜长久鲜艳。

越来越远去了，耳边仍有似排山倒海的声响。

泸水禾水卢家洲

起风了，风不大，却把一河的水刮得起波澜。冬天的水不阔，却极清澈，透映着蓝色的天空。河是由泸水与禾水并流在一起，两条水到这里打一个弯，渐渐地冲击出一块洲田，洲田自然肥沃，于是有人迁居过来，迁居的人姓卢。慢慢人丁兴旺，成了村子就叫成卢家洲（吉安市北）。

　　卢家原来是河南祥符的，也就是河南豫剧的发祥地，现在属于开封了。卢姓人到吉安做官而留在江西，也成就了卢家香火的兴旺。中原战乱频仍，人多流离失所，还是庐陵地安稳并养育人才。仅卢姓一脉，就出了多名进士。而中原哪个地方出一个进士，也当十分了得的事情。走进村子，你会看到那些进士的坟墓和碑石，卢家洲人动了心思，将葬在各处的卢家进士请回村子，归并一地。不大的处所，使得他们安心。墓的周围是牲口圈和菜地，大白菜正葱绿着生机。

　　现在一个村子还是姓卢，很团结，也很和谐。谈起祖上，都显得荣耀。会主动领着你去看他们的大屋，看他们的祠堂和他们的三宝。现在领着我们的就是村里很有威望的卢家老人，长得有点像相声大师马三立，说话也像，幽默且城府很深的样子，看到你问的问题怪怪的，就笑，那笑里像是说，在我们卢家洲有这样的怪问题也不奇怪。比如有人疑惑一座豪华大宅，不是从正门而是在旁边过桥进入，正门的地方是一方水塘，没有进入的位置。卢老先生就笑，说这是后来为了进入的便利才架了桥，以前怎么能从偏墙进入呢？好大的一处宅邸，却早就不再住人。建造它的主人也没有在这里久住。一间间的屋子相连着，前面的池塘也成了风水，原来进入的路径也是环绕而行，说是为了风水，现在那路已经不通了。颇有东西方韵味的大门，已是芳草连连，池塘里的野稞也蓬勃成一片。

　　村子像这样的宅第还有很多，在中原，起码是小孩子玩耍的天堂，这里的孩子早见怪不怪。他们玩的地方还有更好的，那就是卢氏宗祠。说是宗祠，却被人称为玉祠，是因为它的大门、腰门还有后堂门都是汉白玉做的，真是不同于其他的宗祠，除了皇家，谁敢用汉白玉来装饰？不仅如此，祠堂里还有八尊大型汉白玉石鼓、十六尊柱础，还不仅如此，面阔三间的明厅阶石也是整块汉白玉，其中中厅阶石长近六米，

比故宫最长的汉白玉还长一米多。说到这里，卢老先生更是露出得意的神情。他让我们猜猜这阶石的背面有什么，陪着我们的当地官员必是知道的，就在一旁笑，卢老先生说出来还真让人吃了一惊，原来是雕刻的双龙，这在过去是犯上的，怎么敢如此作为？有人就偷偷地说了，这是因为卢家洲出了一个皇妃。史料并没有这样的说法，卢老先生却是真真实实地认可这件事，如果不这样，那不早就有人举报到宫里，给灭了九族吗？皇妃死后，为了让龙脉永存，把两条朝上的龙雕覆在了下面，有人见识过，那是保存完好的艺术，仅就这块全国独一无二的汉白玉石，就是少见的宝物。这时我发现在后厅的左右两边，各有一口棺材样的东西，有人就说了，那真的是棺材，是族里人备用的，这里依然施行旧有的风俗。

离开了祠堂，卢老先生并不说话，直领着我们朝前走，走过一座座庄院，一个个菜园，一个个古井，远远见了一棵好大的罗汉松，可称得上是苍劲挺拔，五个人拉起手才能环绕，卢老先生说，这比卢家洲的年龄都长的树，一千五百年了。当时卢家洲开基祖建村子时，曾动过这棵树的念头，刀劈枝叶发现流出的淡红似血的浓浆，遂敬畏起来，此后再也没有人动过念头，他们把这棵树当做了神树。卢老先生说，这树还有神蛇保护，碗口粗，丈多长，每逢刮风下雨雷电轰鸣就在树上腾舞，保护罗汉松不被雷电伤。卢老先生说得让人又一次仰望。这个地方原来是一个码头，卢家洲引了泸水进村，村里就有了水溪和池塘，洗涮灌溉，出行则从这里进入泸水然后赣江，上可通南昌上海，下可至广州南洋。所以村子里不仅出官人，也出了不少大商人。

随着卢老先生走上村子的大堤，就看到了蜿蜒的禾河和泸水，并且早早看到了那个属于村子的宝塔。那是村子建于明万历年间镇水的，虽经风霜水患，塔身歪斜，却一直挺立，被人称为中国的比萨斜塔。说是斜，卢老先生领着我们换不同的角度看，又看不出来，好生奇怪。塔尖上一丛茂草飘摇，卢老先生说，好药材，没有人够得着，那就是能救人命的还魂草。卢老先生还说了一件事，文革时有红卫兵来砸塔，已经把塔基凿了一个窟窿，就在这时，全村子的卢家子弟拿着家伙涌来了，红卫兵一看这阵势，只得放弃破"四旧"的行动。

转回头再看卢家洲，夕阳将余晖完全地覆盖了绿色掩映的村子，一些粉色的屋脊从绿色中露了出来，将红黄的光线反射在水田中，村子就像映在一面镜子中的画。

不能遗忘的东井冈

一

初闻东固这个名字，是一次在井冈山的晚间，与井冈山人小聚，井冈山的朋友说：其实你还可以去看看东井冈，那也曾是革命根据地。

在我多年的记忆中，是没有东井冈这个概念的。然而走入青原区，问起当地的百姓，却是没有不知道的，比如文天祥的家乡富田，在当时也是东井冈根据地的属地。当地的百姓都知道革命根据地初创的年代，江西的老表怎样参军杀敌，投入到轰轰烈烈的大革命热潮当中去。

从富田往东去，渐渐地，车子就进入了深山区，一重一重的山，一重一重的水。这个山区的好处同井冈山不一样，它有很多的山间洼地，按照井冈山的说法，那就是有很多的"井"与"坪"，这些井与坪间就种植了水稻和蔬菜。

陪同我的研究东固根据地的专家老丁告诉我，这些区域都属于东固革命根据地。当时以东固为中心，形成吉安、吉水、永丰、泰和、兴国五县交界地区的工农武装割据。全盛时期面积达2200平方公里，人口约15万。井冈山上虽险要，但可耕种的田地太少，不足以供养一支队伍的消耗，于是，就有了红军下山挑粮的故事，有了朱德扁担的传闻。长久的下山挑粮终不是个生存的办法，因而井冈山坚守了一年多，还是被迫放弃了。

1929年1月，毛泽东、朱德率红四军从井冈山突围游击赣南时，与追敌交战失利，粮弹缺乏，饥寒交迫。又遭国民党军第15旅袭击，部队更陷困境。生死存亡的时刻，毛泽东决定前往东固根据地，和江西红军会合。在东固，红四军得到了休整补充。杨得志在回忆中说："大柏地战斗后，部队经宁都到了吉安的东固。东固地方不大，但十分热闹，一派新气象。原来，红军独立第二团、第四团在这里建立了一块游击区。对我们这些离开井冈山后一直在转战中的人来讲，见到兄弟部队和热情的群众，有了可以停脚的地方，真像到了家一样。"陈毅在当时的1929年2月还写了诗："东固山势高，峰峦如屏障。此是东井冈，会师天下壮"。井冈山下来的红军在最困难的时候来

到了东固，同东固的红军融为了一体，老红军还记得那次盛大的会师庆祝活动。

东固的军事领导人李文林是亲自带领一个连去迎接朱、毛红军的，当朱、毛红军在李文林的引导下翻山越岭到东固时，村村寨寨都充满了节日气氛。人们挑着整猪整羊慰劳远道而来的朱、毛红军，并凑集成担成担的棉花给他们御寒。官兵们分别邀至各家，房屋早已打扫干净，300多名伤病员也得到了悉心照料。李文林是吉安人，北伐中在朱德的第九军担任军事教官，南昌起义失败后，他回到家乡与曾炳春、段月泉等党员秘密恢复中共组织并发动东固暴动，建立起江西红军第七、九纵队。后来合编为江西红军独立第二团（红二团），李文林任团长兼政委，又组建了独立第四团（红四团），开创了东固革命根据地。就是这么一位红军和根据地的创始人，却因为党内的政策分歧，竟在后来的"肃反"中被"扩大化"成"反革命"而遭处决。

老丁说，东井冈会师不亚于朱德、毛泽东在井冈山的会师，不亚于红军长征到达陕北与刘志丹部队的会师。宁冈会师，创建了井冈山根据地；陕北会师，创建了延安革命圣地；东井冈会师，则创建了中央革命根据地。由于历史的原因，东固革命根据地没有很好地宣传，以致知道的人不多。

东固根据地进可攻退可守，而且与福建的长汀、龙岩相连。这使得毛泽东统领的红军如鱼得水。遗憾的是后来的肃反运动，使得东固红军很多将领蒙受了不白之冤。

二

我走进东固山上一个营部的所在地，里边依然住着人家，看着我们一路踩着泥泞冒雨上来，主人很是客气地朝屋里让。那种亲切感，使我立时有了一种温暖。在这个山头对面的一排黄土房子里，是战士们当年的驻地。房子前的平地即是他们的演兵场，而这只是千万红军当中的一支小分队。

红军占领了这里大大小小的山头，他们有着各种各样的防御措施。在这些山山峁峁、沟沟壑壑里，他们进行了第一次、第二次、第三次反围剿。毛泽东的诗中"一声

唤，前头捉了张辉瓒"，就是在这里发生的战事。"白云山头云欲立，白云山下呼声急"，"赣水苍茫闽山碧，横扫千军如卷席。"就是毛泽东写东固斗争的诗词。然而过去我们知之甚少。

我走进了当时张辉瓒的指挥所，张辉瓒是敌军的一个王牌师长。来势汹汹的他没有能够达到预想的目的，反而在当地军民召开的万人庆祝会上被割掉了首级。

山间的雨似乎成为这里的一个特点，现在这里是一个镇子，镇子的中心也是当时东固革命根据地的中心所在。这是一片比较平阔的山间坪地，里边建有当时的苏维埃政府，有红军总指挥部，有医院、学校、造币厂、军火厂、被服厂，甚至还有银行，这是革命根据地中第一个苏维埃政府自己的银行，它发行有在这个地区可以流通的钱币。毛泽东的弟弟毛泽民就曾任这个银行的行长。

东固创造了中国革命史上的多个先例和第一，除东固平民银行外，还有消费合作社、兵工厂、教育委员会、平民小学、赣西南赤色邮政总局，发行了苏区的第一张邮

票，还有第一个无线电训练班和第一所红军学校。可以想见，东固根据地持续了不短的时间。而且东固根据地使毛泽东找到了农村包围城市、武装夺取政权的理论基础。史沫特莱在《伟大的道路》一书中写到：东固召开群众大会，毛泽东向大家说，革命一定要首先占领农村小据点，建立如东固山和井冈山那样牢固的山区根据地，虽然"我们很弱小"，"可是星星之火可以燎原"，一定的时间和条件下"人民政权就可以伸展到有大城镇的地区，从全国小部分地区的解放，我们就可以扩展到较大或更大的地区，最后一定可以解放全中国。"毛泽东在《星星之火，可以燎原》一文中，曾有"朱德毛泽东式、贺龙式、李文林式、方志敏式根据地"一说，其中"李文林式"便是指东固革命根据地。如果不是第五次反围剿失败，红军走上长征的道路，东固根据地会长久地存在下去。因为它处于闽赣两省的交界处，而且是深山区，交通闭塞，民风淳朴，食物可以自给，兵员容易充实。

走进了一个很阔大的老房子，这是当时的百货商店。它建在一条至今看来仍显得宽阔的街上，当时人们已经可以拿着苏维埃政府发行的钱票购买所需的商品了。这些商品包括食盐、粮食、灯盏、鞋帽、盆罐等。现在这些用品有的还摆在那里。

一个规模不小的两层楼房，木制的楼板坚硬地支撑着时光。一个个的房间布置得都很巧妙和规整，保证了居住的独立性和生活的随意性，也具有透光与防雨的科学性。这在当时的深山区来说，可谓是先进的建筑了。

这样的房子还有不少，上面依然残留着白军和红军留下的标语，有的标语由于意思一样，只是由红军或者白军涂改其中一字，让人看了很有意思。比如："优待白军俘虏的"白"字上就有涂抹的痕迹。

<h1 style="text-align:center">三</h1>

参观完东固根据地的纪念馆，红军首领赖经邦的后代赖明娟为我唱起了一首东固地区的民歌。1927年，赖经邦在东固最早建立了中共东龙党支部（东固和南龙）和东龙

游击队。东龙游击队后来和永吉游击队合并，成立了江西工农红军第7纵队，赖经邦任党代表兼参谋长。7纵也就是后来李文林任团长的红二团。可以说，东固革命根据地几乎是与毛泽东率领秋收起义部队开辟创建井冈山根据地同时进行的。7纵（红二团）是江西主力红军的基础，是红三军的前身，是红一军团的组成部分。痛惜的是，1928年赖经邦也过早地献出了年轻的生命。赖明娟的嗓音圆润而婉转，唱的内容是女子对恋人的思念。当年不知道有多少东固女子唱着这曲子把爱情与生命献给了革命。

下山的时候老丁说，毛泽东曾经说过东固山是第二个井冈山，"上有井冈山，下有东固山"，是当时中央苏区广为流传的口语。听着时一个念头涌上来：井冈山和东固山根据地都在吉安，是图吉安这个名字？图有着深厚历史人文风貌的这块土地？还是因了讲忠贞孝义的这块土地上的人？

这些都进入了历史。一些房子在老去，一些遗迹也荡然无存，一些英烈的血渗入了地下。不老的是那些山，它们依然葱葱茏茏，还有那些田地，依然生长着碧绿的庄稼。

武功山，1918

徐霞客是过年上的武功山，而且还下着雨，上到山上初三了，寺庙里住了一晚就初四了，拜过金顶祭坛的早晨感觉特好。徐霞客为了武功山家都没回，"余急于武功"，他大年初一在山下说。武功山在我心里，也有两年了，江西人热情，总是想让我看看这个江西的最高峰，我一直记着，却找不到整块的时间。1918.3，是武功山的高度，有个"列宁在1918"，那是时间范畴，徐霞客和我在1918，却是个空间概念。

　　来武功山也是年末了，也是顺着徐霞客在安福上山。之前江西朋友说，这两天下雨，我们可从萍乡坐缆车上去，那有什么呢，徐霞客也是雨中登山，就一路艰难地爬上来。上来就看到徐霞客看到的"浓勃奔驰"的云气，"倏开倏合"的雾影，看到掩袖羞避又"巧为献笑"的岚女。云气变幻得那般迅疾，刚刚还是这个形状，一忽就变成那个形状，或是整个翻将起来将你遮没，深吸一口，清爽凛冽。远远一层层的山脊山腰，一群群的娥眉黛峰。

　　山上没树，树和竹子都长在山腰了，密密匝匝遮山没路，或一棵独秀迎风，山顶却是长成了一片草。徐霞客站在草中，经历了瀑之湍、潭之幽、洞之异、禽之珍，目光和心思全在那些层峦叠嶂间，六千言典雅豪放感慨在草中翻舞。一串冰柱子从树上垂下来，将一些树枝子垂弯了，树比人坚强。上到山顶，却感到坚强的还有那些草，它们比树站得更高，树到这个高度已经站不起来了，草接替了树，汲日月精华、天地灵气，从山这边一直摇到那边，又从那边摇到山的另一边，十万亩的大草甸，浩浩汤汤，直把一个山摇动起来。

　　一个女孩向草丛中跑去，风卷长发，一时间不见了踪影，只听见快乐的呼喊从草的深处传来。草也是快乐的，当一种生命被长时间地荒芜和搁置，也会产生某种渴望。

　　武功山，不时琢磨的名字，真的让人展示武功的地方，它留有好汉坡，陡峭而艰难的坡还叫断魂坡，攀上去你会感受到生命的另一种意义。

　　安福、萍乡、宜春三地托举着武功山，让武功山有一种高高的荣耀感。武功山大部在安福地界，安福是多么的好，名字就与武功山相照。萍乡和宜春也配得好。三足

鼎立，三足托起武功之鼎。

不断有驴友背着重重的包上来，支上帐篷聚在一起，像草中长出的彩蘑。那是什么感觉？草在耳边骚动，风在草中摩挲，露一双眼，看月亮星星。草该是离大地最近的植物，在这里却是离天堂最近的精灵。早上，仍旧被草弄醒，看草尖颗颗晶莹，红日从晶莹中升起，一声亮嗓出去无限远，撞到另一片山，直至漫山遍野来来回回地响。乍起一只鸟，而后是一群鸟，音符样呼拉拉闪。

三百多年后的我感到，徐霞客要攀得比我艰难，徐霞客就是迎着艰难生的，按照现今的话，那是宗师级的驴友。武功山让徐霞客完成了一个念想，"千峰嵯峨碧玉簪，五岭堪比武功山。观日景如金在冶，游人履步彩云间"。完成念想就像建立武功，徐霞客一身轻松，山山水水往南行，直至行成一个仙翁。

我的目光还在草中逡巡，这是什么时代的草呢？顺光金黄一片，逆光银絮茫茫，冬寒不死，春暖又生，与山与树共同挺立着不朽的时光。草或没有名字，或我叫不上名字，但草自在，草精神。融历史宗教生态为一体的武功山得益于这些草。

草就是山的功劳，草，诠释着武，解读着功。

吉安的胸花

——庐陵文化生态园散记

叶子片片摇落。水边的小路覆了厚厚的一层,看上去曲曲弯弯的,一片红黄。一些叶子落在了水上,漂荡着像各自划着船儿。水鸟远远近近,飞起又落下,园子的秋有了强烈的灵动感。

走着就见到了自称"庐陵欧阳修"的人,以一尊塑像扬着沉于醉翁的自在,"风檐展书读,古道照颜色"的文天祥依然一身正气凛然,还有杨万里,像是还在诵叹"接天莲叶无穷碧,映日荷花别样红。"他没有想到家乡也似江南了,庐陵湖的荷也会开到很远,水却要比西湖的清。若果吉安的三千进士都聚在这里,园子可就热闹多了,不定有多少诗画出来。

忘了怎么进到庐陵文化生态园的,心沉浸在文化景观和水乡佳境之中了。再次回到那个大门,就回味出初时的赞叹了。一尊泰山石似是亿万年前就造就了吉安形势图,赣江曲折奔腾,山脉和支流烘托出庐陵胜景,雄浑气势不能不让人发些联想与感慨,正是这样的地理形势,方出现数千年灿然文化,并且影响了数千年的中华文明。感念时抬头,一棵堪称树王的古樟,像迎客递送的一束花。阳光洒了许多的色光,一

些色光落在地上，斑斑驳驳的又将人引向了一面庐陵文化长廊。一步一惊叹的时候，朱黎生哈哈笑着，说这只是一点点缀而已。于是慢慢就领略到了吉安的生花妙笔。

　　游人似是在赶着一个黄昏，很多是退休的老年人，他们三三两两，说说笑笑，夕阳照在水上，映出一片夕阳红。夕阳里款款升出拍婚纱的新人，刚才隐在飘飘冉冉的花草间，白与红构成了极好的衬托，新娘子的幸福在心里储满了，憋不住地笑出来，感染了一圈的人。一片风筝在云中腾舞，孩子们闹嚷嚷地涌动。跟过去，就看到了一个火牛阵，这里曾是十万工农下吉安的攻入地。蔓草摇曳的水中甬道，把我带到了一条老街的图景前，摆摊的、烧水的、杂耍的、推车的，黎生说那就是儿时的永叔路，不仅是黎生，健生也兴奋地看到了童年的影子。随脚走去，又有"青铜王国"、"千年窑火"、"红色井冈"、"绿色茶乡"等景象，还有殿宇楼阁、曲苑回廊，回放着庐陵望郡风华。绿葱中逸出一座"文塔"，依明代原型，更是一种应和。一个园子，聚集了一种辉煌，让人心惊眼亮。

　　夜幕一点点降临。市民反倒多起来，人们纷纷走向水边，水边渐渐换了音乐，

随着音乐，水花四起，一股水流冲天眼的高，霎时又展开一帘200米长、40米宽的喷泉大幕。惊呼不知出于谁口，而后是此起彼伏的惊呼和着此起彼伏的水花。水花变成黄的，红的，绿的，五彩缤纷的颜色变换着五彩缤纷的花朵，那是什么花？玉兰、牡丹？还是山菊、映山红？辨不清了，惊呼也停了，心跳和着音乐和着水花在变幻在张扬在喷涌。后来，水雾喷出了一只只大鸟，就像是从水中凌凌跃出，扇动着强劲的羽翅。哦，那不是吉安的白鹭吗？似带着吉安在振羽高飞。又一次出现了欢叫、掌声和笑声，那是一种期待后的满足。

让人想起与它对应的人民广场，也是一个心向往之的去处，小桥流水的布景，曲水流觞似的诗意，清雅的乐曲氤氲出清雅的烟雾，光线里一种亦真亦幻的感觉。旁边是设计独特的文化艺术中心。如此都构成了一个古老的红色城市的新异变。

从一个个吉安人的表情上看到了愉悦和满足，我知道黎生的想法，他们不断地引我来看这望那，展示吉安藏着的好，是让我这个对吉安有感情的人再有一个新感觉。

由衷地说，庐陵文化园不仅展现出文化庐陵、生态吉安的特点，也展现了吉安人的精神追寻与气质风范。当然，园子只是个缩影，是要先给你个甜头，或者说先给你个引子，面对吉安的厚重与热情，谁来都不会善罢甘休，一定要深入地去踏勘了。

攀上园子所依的螺子山，就看到了四山环抱、一江襟带的古城，她变得更加俊朗诱人。庐陵文化生态园呢，那是吉安的胸花了。

从《吉安读水》说起

—— 访著名散文家王剑冰

《井冈山报》记者　安然

嘉宾简介：王剑冰，《吉安读水》作者。著名散文家。

采访背景：王剑冰先生的新作《吉安读水》自2月21日在《人民日报》发表以后，《井冈山报》、《吉安晚报》纷纷在第一时间予以转载，晚报更是应读者要求先后转发了两次。三月中旬《江西日报》也予以了刊发。此文既出，"洛阳纸贵"，好评如潮。在市民工作、休闲、生活的不同场所，有关《吉安读水》的话题不绝于耳。可以预计的是，这篇作品将融入吉安的文化史，随赣江水奔流传承。藉此契机，记者联系到了王剑冰先生，于是有了这篇专访。

安：从你的名篇《绝版的周庄》，到近期口口相传的美文新作《吉安读水》，你用高超的文学手段赋予了散文文本强大的文字力量，这种力量不会比一个长篇巨制弱。你此前对自己的美文产生的轰动效应可有足够的估计？

王：谢谢，只是一种随意的、认真的写作，是没有估计有这样的反响的。

安：你是在2008年的7、8月间到达吉安的，从实地采风到作品面世，时间长达半年，终于出手殊妙，"孕沙成珠"。这是一篇充满智性的作品，它匠心独运，跳出吉安写吉安，抓住"读水"这个独特的视角，"泅一点而散全豹"，把吉安的地理人文政治、昨天今天明天，通过赣江、富水、恩江、沙溪、吉水等多条水系轻轻而结实地绾结在了一起，令人叹服折服。它行文优雅从容，似一川秋水简净清明，有着强烈的"剑冰气质"——清静、温馨、如吟如歌，如烟如缕。此样解读你本人是否认同？

王：你总结得太好，我只是找了一个下笔点。当时在吉安行走的时候就想找一个下笔点，但一直拿不准，确实是拖了近半年的时间才写出来。这也说明我的笔太笨拙。

安：任何一个散文大家的作品，都能品读出独特的精神气质。比如你的作品，我想用八个字形容：秋水长天，诗意潺流。这种散文风骨的形成是否源自于你早年的诗人身份？请简要地介绍一下你的创作史。

王：我最早确实是先写诗。那时在大学，文学刚复苏，到处都是写诗的，诗歌成了最热门的文学形式，而散文似乎不来劲，我记得最早在大学里发在《诗刊》上的诗就是《我是叮叮当当的洒水车》，表明经历了暗夜后的清醒，有所作为的激昂。后来毕业了还是写了一段时间的诗，我比较喜欢诗的凝练。写散文是上世纪九十年代初的时候。那时长了岁数，有些东西经过沉淀了，生活的节奏缓慢了，就试着写散文。慢慢发现，散文表达的东西比诗歌更细致。当然写作中不自觉地就利用上了诗歌的一些东西，比如文字的表现力，思想的凝练度。也写过中、长篇小说，在语言的运用上都感到了最初练习诗歌的好处。所以我觉得开始不管以哪种形式进入文学，都是一种积极的准备。

安：我注意到在一次访谈中，你谈到了散文界的革命取得了成功，梁山水泊重新排座次，散文写作在当下，要木秀于林实在有相当的难度。在这种情况下，普通散文作者坚持写作的意义何在？要有怎样的写作理念和技巧才能写得出一两篇让人记得住的作品？

王：这个实在是不好说，我觉得散文写作，要把握三个问题，一是有热情，不管是经历或正在经历什么样的生活。二是坚持，必须要不断地写作，这样会练习思维与文字的能力。三是学习，要看别人好的东西，积累更多的养分和经验。

安：相比诗歌和小说，散文因其参与者众而被认为是最容易掌握的文本，散文真的是进入文学殿堂的捷径么？你希望看到的散文写作是什么样子，是种莲花还是水葫芦？

王：散文是随意的一种文体，说实在的比写诗和小说来得快。操练文字可以从诗歌开始，也可以从散文开始，似乎从散文开始更容易些，因为就像说话一样，就是把所思所为用文字的方式表现出来。但很容易造成江河奔流泥沙俱下。好散文有，随意性的文字也不少。因为发表的园地多了，报纸副刊多是这样的文体。好的散文也确实是不好写。李存葆就说，写一篇散文的精力胜于写一个中篇小说。那是因为他认真对待散文的结果。不可轻视散文的写作，那样就是对这种文体的随便。就像一下子引进的水葫芦，本想装点水面改善水质，结果生长得十分迅捷，反而造成一种污染。而莲花确实是比水葫芦美妙的植物。它美丽了几千年，几乎伴随了人类的生长史，但是它不泛滥，生长的最初甚至还很艰难。我们看过季美林先生的《清塘荷韵》，他洒在池塘里的莲子等了三年才见了结果。那是一个漫长的守护与期待。好的散文也应是这样的。

安：我理解你所说的"种莲花"，就是要坚持散文的个性化。如你的秋水长天，如史铁生的智性思辨，如贾平凹的圆融拙厚，如余秋雨的天马行空。令人不得不关注的是，近年先后获得"人民文学奖"的格致和塞壬，她们的文风凛冽，叙事尖锐，笔锋粗砺，以绝对的"反抒情"在散文界取得了一席之地。那么，"摒弃抒情，注重叙事"是不是散文发展的必然方向？

王：你对散文还是很了解的，而且很有研究。必须强调散文的个性化，没有个性的东西是没有生命力的，凡是成熟的作家都形成了自己的风格，这就是个性的东西。散文写作有一段时间是以抒情为主的，好像散文就是抒情的文字。后来强调本真的写作，反抒情就是提倡要写生活，不要虚妄的东西。格致与塞壬的风格也是不一样的，格致的散文里有抒情的东西，而塞壬更实在一些。抒情的东西不能全部否掉，要看是真切的还是一种矫情。而且诗性文字的运用还是可以放在文章中的，那是调味剂和润滑剂，否则就显得干涩。抒情与叙事，我觉得主要是把握度的问题。

安：说点题外话吧。我看到你朋友岳熙写的，你失去了自己母亲，竟然痛苦到十年不能为她成一字，而对别人写母亲的文字总是大加举荐；在街头碰到老人，你会把她想象成母亲，会悄悄地跟在后面走一段路；在黄河壶口，你一个人对着汹涌的波涛大声地呼唤妈妈，呼唤得满脸涌泪。这些细节真的很打动我心灵，是怎样的一个母亲，让一个笔端奔流着诗意的儿子爱至无语无言？我又记得你形容一个女子的好，是这样说的，你长得像一首诗。那么，我就一厢情愿地认定你母亲大人，就是你心中永远低吟的一首诗，是一首比大河更长的诗。清明到了，请允许我代表读者为她遥点一柱香，寄予最深切的敬缅。也期待你有一天能够把对母亲的大爱诉诸笔端。

王：谢谢你，你是一个很仔细的人。我们每一个人的母亲都是伟大的，她们都有相像的地方，我时常能够想到母亲，梦到母亲，我总是感到母亲还在。我会时常想着母亲。我会在有一天写出母亲的文字的。

安：今年是《井冈山报》创刊六十周年，在这个时间节点上，能够采访到你这样的大家是我们的荣幸。恳请谈谈你理想中的报纸副刊是什么样子？请对吉安的广大读者说几句话。

王：吉安是一个迷人的地方，有那么多的可看的地方，那么深的历史文化，办这样一份报纸，以及这样一个副刊，是很有意义的事情。报纸副刊是不好办的，一要注重大众性，还要注重精致性。对吉安的读者我想说，我很喜欢吉安这个地方，这是一个极好的养人的地方，祝愿大家在这方水土的滋润下愉快、健康、幸福。谢谢。

著名作家王剑冰接受《今晚八点》栏目专访

差不多一年了，当代著名作家王剑冰又一次回到了吉安。2008年的9月，王剑冰先生也是这样辛勤地徜徉在吉安的山水之间，行程忙碌，却不乏诗意。于是，就有了2009年2月21日《人民日报》上那篇诗意的《吉安读水》。

《吉安读水》真是读到吉安老表的心坎里去了。赣江、富水、恩江、沙溪、禾水，哪一条不是占据着吉安人心里面最清澈、最深情的记忆？就连孩提时屋前的那条无名小溪，也和夏日里游来游去的小鱼虾一起那么清晰。古往今来，描写吉安的文章不少，而真正从"水"的角度看吉安，又能将吉安看得这么透彻的，王剑冰先生可以说是第一人。

踏着水的痕迹，王剑冰先生带着全国的读者拜访了革命摇篮井冈山、民族英雄文天祥、唐宋八大家之首的欧阳修、《永乐大典》的主修解缙、千年书院白鹭洲、宋代瓷城吉州窑等等。吉安的魅力，就这样悠悠然地流进了每一个读者的心里。

今年六月一个清风徐来的日子，王剑冰先生又一次来到了风光旖旎的白鹭洲。行走在兼具风声、水声、鸟鸣声与朗朗读书声的林荫小道，庐陵之水再一次让先生感怀。由"水"出发，王剑冰先生接受了《今晚八点》栏目的专访。

记者舒浩：您好，王老师，首先非常感谢您的《吉安读水》，它让我们吉安人换了一个角度重新认识了一回吉安，也让全国的读者认识并了解吉安。通过一系列的水，您将吉安的地理人文展现得淋漓尽致，我们也知道，从去年9月份深入吉安采风到今年2月份《吉安读水》的公开发表，之间经过了长达半年的酝酿，在这么严谨的酝酿之中，您最终为什么会选择以"水"作为入手点？吉安的水给您留下了什么样的印象？

王剑冰：吉安这个地方，水资源非常丰富，它是由南向北流的，水旁边有吉州窑，出现了这么多的人物，出现了这么好的历史，还出现了井冈山革命根据地，这个地方不同于其他水的反响，这个水含量更深，让人感觉到能够想到很多东西，所以我觉得这个水的柔情、水的刚性，纠合在一起非常有特点。

记者舒浩："水"在您的散文里似乎并不少见，而事实上，水对于任何一个地方来说，都绝不仅仅是养一方人那么简单，例如在《绝版的周庄》里，您是这样说的："周庄睡在水上。水便是周庄的床。床很柔软，有时轻微地晃荡两下，那是周庄变换了一下姿势。周庄睡得很沉实。一只只船儿，是周庄摆放的鞋子。鞋子多半旧了，沾满了岁月的征尘。"看得出周庄的水也是深深地打动着您的，那么您觉得周庄的水和我们吉安的水有什么区别？

王剑冰：吉安的水应该是男性的，周庄的水或许是女性的。那种江南的小桥流水，构成了小桥流水人家那种小生活、小氛围，那么这个地方构成的是大生活、大氛围、大视野，所以她不一样，在（吉安）这个水旁，她生长的是山，生长的是旺盛的精神，人的骨气，生长的是一种很深的文化。

记者舒浩：在采风的这短短的几天的时间里，我们也知道您在我们市委宣传部朱黎生副部长的陪同下一直马不停蹄地在走近吉安、感受吉安，您也确实看到了一个不一样的吉安，那么您觉得您对吉安的这种了解和接纳是不是已经达到了最高点，吉安在您的眼里还有没有值得继续玩味的地方？

王剑冰：从井冈山下来，走了好几个县，每一个县都有自己的特点，都有自己的文化，每一个县都能如数家珍一样数出一大堆东西，所以你感觉到这趟行程半天转一个县简直是时间太紧张了。要深入挖掘那种喜爱、那种向往、那种依恋，使你感觉到不是来一次、两次都能够尽意，当然，这一次走访之后，假如重写《吉安读水》，会写得更丰厚一点。那个时候还是匆匆而来，匆匆而就。

记者舒浩：比如说我们的白鹭洲，其实上次您采风的时候就已经来过这里了，您在《吉安读水》里是这样说的："在白鹭洲上走，茂林修竹，曲径通幽。登上风月楼，青原扑面，风帆入怀。"今天您又重登了一回风月楼，有什么别样的体会吗？为什么如此钟情于白鹭洲，也是因为她的水吗？

王剑冰：这个白鹭洲我实在是喜欢，因为它不只是一个洲，它里面有很深的文化含量，去年来这里，走在学校后边的时候，看到学生们都在静静上课。然后到后边的书院，站在书院的高处看着赣江水北流，就会想到源源不断的庐陵文化的流淌，在这个洲上，有多少学子走出来啊。这是我们民族精神的延续、民族文化的延续。

记者舒浩：既然每次到吉安都能有不一样的感受，那您会不会把这种不一样用文字表现出来，写出更多关于吉安的美文？

王剑冰：我从去年来一次吉安，就喜欢上吉安了。这次再走的时候，我觉得这个喜欢是对地域文化、庐陵文化的喜欢，早就对这些向往着，但是不知道庐陵文化这么深厚，所以这次走的时候，它促使着你想写一些什么。对周庄也是这样，写了《绝版的周庄》，后来周庄人就说，能不能以《绝版的周庄》为题写一本书？就真写了这么一本书。那么《吉安读水》能不能作为一个书名了呢？我想或许可以。

记者舒浩：真的可以吗？那太感谢了！相信那将是一部能充分体现吉安深厚文化底蕴的著作。能有这么一本书，那也是吉安之福啊。

王剑冰，当代著名作家，作品《吉安读水》在2009年2月21日的《人民日报》上发表后，受到吉安上下一片赞誉，现该文已被刻碑在吉安白鹭洲。

王剑冰先生接受《今晚八点》栏目专访

《吉安读水》后记

2008年，应邀第一次踏上吉安这块红色的土地，使我有了一种从感性到理性的认识。以前吉安只是在我的恍惚记忆里，那个记忆包括毛泽东诗词中的"十万工农下吉安"，而吉安的方位、吉安之地有什么都不知晓。

来到之后，才把吉安同庐陵文化，同井冈山，同赣江，同欧阳修、文天祥联系起来。着着实实地让我发出了由衷的感叹，这种感叹也像十年前我去周庄一样：我来晚了。

吉安，就像周庄一样，成为我生命里的又一个关注点。我热爱这个地方，它雄厚大气，自然而美好，有很多值得我永生探求和学习的地方。我已把我的情感深深地融入其中。

在朱黎生、李梦星、贺小林、胡刚毅等好友的相继陪同下，我第一次走访了吉安的半数地域，了解了庐陵文化的深厚渊源，感受了赣江之水的汹涌宏阔，踏访了井冈山的红绿资源，闻听了白鹭洲上后学的朗朗书声。归去后半年时光一直沉浸在对这块土地的回味之中，一直没有动笔，甚至没有打一个草稿，怕走不好第一步而毁了自己心中的那份美好。

直至有一天突然有了感觉，这种感觉还是第一天行走时在心中猛然一亮的那个"水"字。

我觉得是那个"水"浸染了这块土地，浸染了这块土地上的文化与历史、人格与精神。有了这个"水"，这个地方就活了，变得灵动起来，变得荡漾起来，然后再想到吉安的名字，这个既有诗意又有生活又有祝福的名字，是对这块土地最好的解说和最好的寄望。由此，我写出了《吉安读水》。

　　随后这篇文章发表于2009年3月的《人民日报》。不久，井冈山人又邀我再上井冈山，去感怀一下红色井冈中的绿色的心意。按说井冈山这样一个地方，我是早就该去了。这第二次的去，我又走访了更多的没有走到的地方，以及平常的人们所不好去的地方。我在感知这一座山到底与其他的山有什么不同，还有这里的人，这里的植被，这里的水流，以及这里的民歌与民情。我用了很大一块时间放在了博物馆里面，我在观察着、记录着、回味着、感念着，我甚至会对一片发黄的纸页和一双绣花鞋好奇不已，会把兴趣放在一个女子照片的袖口上。

　　而后我回去了，仍然沉淀了三个月，没有轻易动笔，或者说，我一时还把握不了自己所掌握和收集的素材以及井冈山人送给我的厚厚的书籍。后来我干脆不再看这些东西，而是让我的思绪沿着井冈山的那些山脉蜿蜒而去，我才慢慢地感觉到了我应该写些什么。于是，有了《井冈读山》，此篇发于2009年10月《人民日报》，并且获得了井冈山和《江西日报》联合征文的一等奖。

　　至此之后，《吉安读水》的碑刻落成于白鹭洲书院，就和吉安人有了一个共同的想法，能否以《吉安读水》为书名，写一部围绕着赣中吉安的人文历史与风情的散文集。于是我有了三下吉安的举动，结识了更多的朋友，这些朋友不仅包括当地执政的领导，更有通晓吉安历史人文风情的专家和学者。我走访了吉安所有的市县区，到了许多应该到的地方，有些是原本不知晓的地方。

　　渐渐地，我开始有了一些大致的构想，但这种构想的实施仍然不是顺畅的，这中间还穿插着被其他的采访和写作所干扰，时间往往不大够用。有时候一篇文字要等好多天才能成型，有时候心血来潮一天或成就一两篇，断断续续从第一篇《吉安读水》算起来，两年时光过去了，比之勤奋者我算是一个慢工而不出细活的人。

说实在的，尽管去过三次，但是这种踏访仍然是走马观花似的，由于时间的原因，不能沉淀下去。记得第三次踏访时间最长，但是也是一个县只呆个一天半晌，该上的山不及临顶，该看的水未及尽头，想见的人期而不遇，还时时会被风雪阻隔。

这之中陪我走访最多的是黎生兄、梦星兄、贺小林弟，他们为了我能把吉安写好，也倾注了很多的精力和时间。其实他们本身就是吉安通和有成就的学者和作家，然而，正因为他们热爱吉安，想让我把吉安写好，便无私地把自己的所知、所感传导给我，使我对吉安不仅有了一种感性认识、理性接触，还有了一种感情的交织，因为我们已经成了时刻交心的挚友。

初稿写出后，传给了吉安人去看，而后听从他们的意见和建议，又做了某些添加与改动，终成了这部书。

这部书稿只是我的一份粗浅的学习笔记，其中的缺憾还望读者审读后尤其是吉安父老给予校正，以便在再版时得以充实。

图书在版编目（CIP）数据

吉安读水 / 王剑冰著；刘冬生摄. -- 南昌：百花
洲文艺出版社, 2012.10
ISBN 978-7-5500-0403-0

Ⅰ.①吉… Ⅱ.①王… ②刘… Ⅲ.①散文集 – 中国
– 当代 Ⅳ.①I267

中国版本图书馆CIP数据核字(2012)第253688号

吉安读水

王剑冰　著

出 版 人	姚雪雪	
责任编辑	陈钟敏	
美术编辑	彭　威	
出版发行	百花洲文艺出版社	
社　　址	南昌市红谷滩世贸路898号博能中心A座9楼	
邮　　编	330008	
经　　销	全国新华书店	
印　　刷	江西千叶彩印有限公司	
开　　本	787mm×1092mm　1/16　印张　14	
版　　次	2014年5月第1版第1次印刷	
字　　数	200千字	
书　　号	ISBN 978-7-5500-0403-0	
定　　价	35.00元	

赣版权登字　05-2013-395
版权所有，侵权必究

邮购联系　0791-86895108
网　　址　http://www.bhzwy.com
图书若有印装错误，影响阅读，可向承印厂联系调换。